KB078201

말년 병장, 이등병되다!

이등병되다!

에버티리체 장편 소설

FUSION FANTASTIC STORY

말년병장, 이등병 되다! 6

에바트리체 장편 소설

초판 1쇄 찍은 날 § 2014년 9월 22일
초판 1쇄 펴낸 날 § 2014년 9월 29일

지은이 § 에바트리체
펴낸이 § 서경석

편집부장 § 권태완
편집책임 § 박은정

펴낸곳 § 도서출판 청어람
등록번호 § 제387-1999-000006호
등록일자 § 1999. 5. 31
어람번호 § 제1-1946호

주소 § 경기도 부천시 원미구 부일로 483번길 40 서경B/D 3F (우) 420-822
전화 § 032-656-4452 팩스 § 032-656-4453
http://www.chungeoram.com
E-mail § chungeorambook@daum.net

ⓒ 에바트리체, 2014

ISBN 979-11-316-9210-3 04810
ISBN 979-11-316-9020-8 (세트)

말년병장, 이등병되다!

6

여명빠리채 장편 소설

FUSION FANTASTIC STORY

THE SERGEANT

ROKA 8rd
ARTILLERY BRIGADE

도서출판 청람

CONTENTS

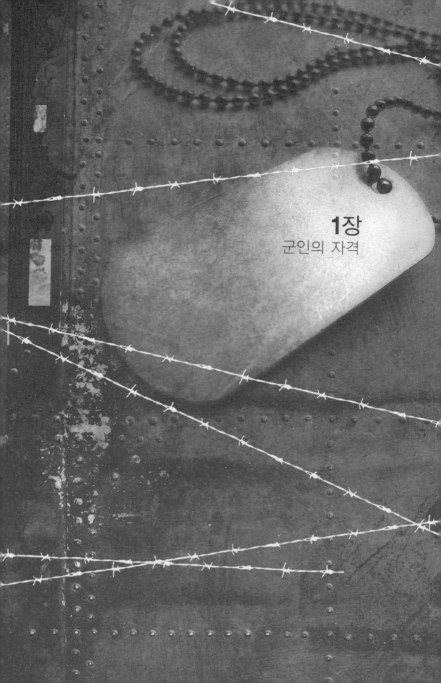

1장
군인의 자격

"남자 아닙니까, 남우성 상병님."

"……."

침묵으로 일관하던 남우성의 시선이 도훈을 지그시 바라본다.

도대체 녀석은 무슨 생각을 하는 것일까.

포상휴가를 걸고 제대로 한판 붙어보자니.

"잔머리 굴리지 마라, 이도훈. 니가 날 이길 수 있을 거라 생각하냐."

"이길 수 있습니다."

"참호격투장에서 너하고 나, 단둘이 남았다면 100% 너의 패배였다."

"그러니까 여기서 한번 시험해 보시면 되지 않습니까?"

"……."

배짱이 좋은 것인지, 아니면 일부러 남우성을 도발하는 것인지 판단이 잘 안 선다.

하지만 확실한 사실은.

도훈은 포상휴가를 내걸었다. 유격 훈련 동안에 최고로 우수한 성적을 거둔 것은 다름 아닌 이도훈. 그에게 유격왕의 칭호가 내려지는 건 지극히 당연지사.

그런데 포상휴가를 포기하면 의미가 없지 않은가.

"…후회하지 마라, 이도훈."

"남우성 상병님이야말로, 후회하지 마시길 바랍니다."

"웃기는군!"

남우성의 두꺼운 팔뚝이 도훈의 다리를 붙잡기 위해 뻗어진다.

하지만 도훈도 만만치 않다. 인간 이상의 전투를 많이 겪어온 남자이기에 남우성의 단순하고 저돌적인 공격은 우스워 보이기까지 했다.

사사삭!

빠른 속도로 남우성의 공격을 재차 피해낸 도훈이 남우성의 다리를 걸기 위해 몸을 숙인다.

어차피 힘으로는 남우성을 이길 수 없다. 그렇다면 무게중심을 무너뜨려 모포말이를 하는 수밖에!

그러나 남우성이 누구인가. 제1포대에서 막강한 전투력을 가지고 있는 인간병기로 소문난 존재다.

빠아악!!

무게중심을 무너뜨리기 위해 도훈이 남우성의 오른발을 가격하지만, 마치 땅에 박혀 있는 나무기둥처럼 우뚝 버티는 남우성의 다리 근육!

'씨발, 이게 인간인가?!'

속으로 욕지거리를 내뱉은 도훈이 재빨리 뒤로 물러서지만, 남우성은 기다렸다는 듯이 도훈의 다리를 붙잡아 버린다.

그리고 남우성이 자랑하는 특유의 바닥으로 패대기치기!

하지만 얌전히 당하고 있을 도훈이 아니다.

"쳇!"

혀를 차며 바닥에 있던 모포를 들고 남우성의 안면을 향해 던진다.

약간이나마 시야에 방해를 받은 남우성이 남은 한 팔로 모포를 치우려는 순간, 도훈이 이번에는 양팔로 남우성의 다리를 걸어버린다!

"이런!"

짧은 감탄사를 내뱉으며 순간적으로 무게중심을 잃어버린 남우성이 육중한 몸집을 바닥에 쓰러뜨린다.

쿵! 소리와 함께 남우성과 같이 넘어간 이도훈. 다행히도 남우성의 밑에 깔리는 일은 없었다.

재빠르게 남우성의 손아귀에서 빠져나온 도훈이 그대로 모포를 위로 다시 덮으며 모포말이 필살 발길질을 시도해 보지만, 남우성의 손이 그런 도훈의 발을 다시 붙잡는다.

'무슨 터미네이터도 아니고, 인간 맞냐!'

진심으로 놀란 눈으로 남우성을 바라보는 도훈.

"나도 참… 엄청 얕보였군."

진심으로 열 받았다는 듯이 도훈을 그대로 패대기친다.

퍼억!!!

살짝만 들어도 무진장 아파 보이는 사운드가 텐트 안을 가득 채운다.

그와 동시에 대(大)자로 뻗어 있는 이도훈의 멱살을 쥔 남우성이 목소리를 깔며 말한다.

"날 동정하지 마라, 이도훈."

"……."

"다른 누구도 아닌 나, 남우성이다. 싸구려 동정 따윈 받지 않는다. 오로지 내 힘으로 극복해 나가는 게 바로 내 스타일이다. 기억해 둬라."

"그럼 포상휴가를 받아야 하는 건 남우성 상병님입니다."

"…뭐라고?"

"말씀드렸지 않았습니까? 저하고 한판 붙어서 이기시면 포상휴가를 양도해 드리겠다고."

"애초에 이건 평등한 싸움조차 되지 않았다. 니가 날 이길 수 있을 리가 없잖냐."

"그렇습니까? 꽤 비등하게 싸웠다고 생각했는데 말입니다."

"……."

"남우성 상병님, 지금까지 누구한테 쓰러졌던 적이 있었습니까?"

도훈의 시선이 남우성을 응시한다.

올곧은 시선.

싸구려 동정심 따위가 아닌, 사나이 대 사나이의 대결에 임하는 자의 눈빛이다.

"전 충분히 승산이 있는 싸움을 걸었습니다. 실제로 남우성 상병님에게도 여러 번 위기의 순간도 있었고."

"……."

"남우성 상병님보다 못한 건 하나도 없다고 생각합니다. 전 그저 남우성 상병님보다 못해서 패배했을 뿐입니다. 그러니까 포상휴가는 제 것이 아닙니다."

"이도훈……."

도훈의 멱살을 쥐고 있던 손이 거칠게 멱살을 푼다.

그와 동시에 범진이 살짝 언성을 높이며 말한다.

"남우성, 이 등신 새끼야. 이제 그쯤이면 됐잖아."

"…김범진 병장님."

"씨발, 싸구려 동정심이니 뭐니 그런 게 어디 있어? 여긴 군대다. 그리고 우린 전우고. 밖에서는 군바리라며 놀릴지 몰라도, 우리는 우리끼리 서로가 서로를 챙겨주며 생활해 온 전우라고. 그런데 전우의 곤란함을 못 보고 지나갈 수 있겠냐?"

"……."

"너, 평소에도 후임들에게 포상휴가 타면 자주 양보해 주고 그랬잖냐. 그런데 그런 후임들에게 은혜를 갚게 할 기회조차 주지 않을 생각이라면, 나쁜 놈은 오히려 너다. 마음의 빚을 지게 하지 말라고. 우리 후임들에게 말이야."

범진의 말이 남우성의 가슴에 비수가 되어 꽂힌다.

남우성은 상남자 중에서도 상남자.

다른 누구에게 도움을 청해본 적도, 비굴하게 굴어본 적도 없다.

오로지 혼자서 모든 것을 해결해 왔다.

그렇기에 행보관의 배려 역시도 거절했던 것이다. 자신이라면 충분히 유격왕을 차지하고 포상휴가를 얻을 수 있을 자신이 있었으니까.

하지만 눈앞에 있는 이도훈이라는 녀석에게 유격왕을 빼앗겼다.

그때부터 남우성은 이도훈을 자신과 동급으로 평가했어야 했다.

도훈은 결코 가능성 없는 승부를 걸어온 게 아니다.

이미 이도훈은… 자신을 뛰어넘은 남자니까.

"그러니까 포상휴가는 네 거다, 남우성."

"……."

말없이 서 있던 남우성이 이번에는 도훈을 향해 시선을 옮긴다.

그러더니 이내 피식 웃어 보일 뿐이다.

"여기서 또다시 거절하게 되면, 이번에야말로 난 진짜 나쁜 놈이 되겠지?"

"물론입니다."

"…알겠다."

남우성이 행보관에게 휴가 여부를 논의하기 위해 텐트 바깥을 나가려던 찰나.

"이도훈."

"일병 이도훈!"

"…고맙다."

유격의 마지막 밤을 보내기 위해 제1포대는 CP텐트 앞으로 모이게 되었다.

유독 별이 빛나는 밤.

그 아래에서 포대장이 병사들에게 한 가지 제안을 한다.

"어흠, 너희도 잘 알고 있다시피… 오늘이 유격 마지막 밤이다."

서두를 연 포대장의 말이 이들의 귓가에 작게 메아리치기 시작한다.

"오늘이 마지막 유격이 되는 인원도 있을 테고, 유격 훈련이 끝난 후 얼마 안 있다 전역을 앞두고 있는 병사도 있을 것이다. 그래서 오늘, 유격을 겪었던 소감과 더불어 하고 싶은 말이 있으면 한 명씩 나와서 말할 수 있는 자유 발언 시간을 가지도록 하겠다."

"악!!!"

아직 유격장이다 보니 대답은 자연스레 '악'으로 통일되었다.

유격 구호 전용 외침에 포대장이 싱긋 웃더니 남우성을 가리킨다.

"남우성, 일로 나와라."

"예!"

산만 한 덩치가 쿵쿵 소리를 내며 이들 앞에 나온다. 포대장이 왜 하필이면 남우성부터 선택했는지에 대한 의구심이 들 무렵.

"에… 사실, 남우성은 오늘부터 4박 5일 휴가를 가게 되었다. 사정은 우성이가 직접 말할 테지만, 일단 이거 끝나고 바로 행보관님 차 타고 바로 휴가를 나가야 하니까 일단 남우성부터 시작하도록 한다."

행보관과 이미 이야기를 끝내둔 터라 남우성은 다른 인원들과 달리 깔끔한 전투복 차림으로 갈아입은 지 오래였다.

잠시 헛기침으로 목을 가다듬은 남우성이 제1포대 인원들을 바라본다.

"사실… 우리 어머니께서 홀로 저희 남매를 키우느라 고생을 많이 하셨습니다. 그러다가 이번에 무리를 한 탓에 다치셨다는 소식을 접하게 되었습니다."

도훈도 처음 듣는 남우성의 가정사.

다른 병사들 역시도 남우성의 말에 귀를 기울이면서 동시에 말소리를 줄인다.

"본래 저한테는 포상휴가가 하나도 없었습니다. 그래서 이번 유격왕을 노려봤지만… 잘 안 됐습니다. 하지만 이도훈이 포상휴가를 양보해 줬기 때문에, 이렇게 당당히 휴가를 나갈 수 있게 되었습니다."

모두의 시선이 이도훈을 향한다.

"역시 이도훈."

철수가 도훈의 어깨를 슬쩍 쳐준다. 한수는 도훈의 앞에서 엄지손가락을 추켜세우는 반응을 보여준다.

머쓱해하던 도훈이 목소리를 높여 남우성에게 외친다.

"어려울 때일수록 서로 돕고 사는 거 아닙니까!"

"그래, 니 말이 맞다."

남우성의 말에 병사들이 작게 웃음을 터뜨린다.

2년을 동고동락하며 군대에서 세월을 보낸다.

그리고 추억을 쌓아간다.

"저는… 제가 융통성 없고 고지식한 놈이라고만 생각했습니다. 하지만 이렇게 저에게 포상휴가를 양도해 주는 후임도 만나게 되고… 나름 보람찬 군 생활을 한 듯합니다!"

"야, 임마! 너 전역하려면 아직 멀었어! 그딴 대사는 하지 마라!"

범진이 토를 달자, 또다시 터지는 웃음소리.

또다시 머쓱해하는 남우성이 머리를 긁적인다.

"전 제가 이 포대에 소속되어 있다는 사실이 정말 자랑스럽습니다! 그리고……."

남우성이 부끄러운지 머리를 계속 긁적이더니 이내 목소리를 높인다.

"전우야, 사랑한다—!!"

"오오오!!!"

짝짝짝!!

박수 소리가 남우성의 용기 있는 고백을 환호하기 시작한다.

지금 이 순간, 남우성은 군대에 입대하고 나서 최고의 행복을 누리고 있었다.

자신의 군인으로서의 길은 틀리지 않았다.

이렇게 많은 전우가 자신에게 용기를 북돋아주고 있으니까.

"이 잡것아, 후딱 차에 안 타냐."

"예! 행보관님!"

미리 차에 시동을 걸어놓고 있던 행보관이 남우성에게 후딱 타라고 재촉하자, 남우성이 전투모를 눌러쓰고 빠른 걸음으로 행보관의 차를 향해 다가간다.

남우성의 뒷모습을 향해 제1포대 일동이 전부 일어서 박수를 쳐준다.

남자 중의 남자, 남우성.

그렇기에 그의 뒷모습은 전혀 부끄럽지 않다.

"오래 기다리셨습니까?"

"목이 빠지는 줄 알았다, 이 잡것아."

사이드 브레이크를 풀고서 운전대를 잡은 행보관이 창문을 열고 담배 연기를 토해내며 차를 운전하기 시작한다.

이들이 올라온 지옥의 비탈길과는 다른, 차량이 오갈 수 있는 길을 통해 차를 몰고 가는 행보관이 침묵을 지키다가 슬쩍 말을 꺼내본다.

"무슨 심경의 변화가 생긴 거냐."

"잘 못 들었습니다?"

"이 행보관의 제안도 거절하던 녀석이, 무슨 심경의 변화로 포상휴가를 나가겠다는 말을 했는지 궁금해서 그런다."

"…별거 아닙니다."

남우성이 전투모를 깊게 눌러쓰며 말한다.

"그냥 우연치 않게 포상휴가가 생기게 되어서 나가고 싶었을 뿐입니다."

"이도훈이 뭐라든."

"별말 안 했습니다."

"들은 바로는, 포상휴가를 내걸고 너한테 싸움을 걸었다고 하더라."

"벌써 들으신 겁니까?"

"야, 임마. 행보관의 눈과 귀를 속일 생각을 하냐. 이 잡것아, 상병급이면 그 정도 소문은 내 귀에 안 들어올 거라고 생각하지 마라."

"하하! 역시 행보관님이십니다!"

너털웃음을 터뜨리며 어두운 밤길의 도로를 바라보는 남우성.

유격장 바깥으로 나온 행보관의 차량이 민간 도로에 진입을 하게 된다.

"누차 말하지만."

행보관이 또다시 대화의 장을 열기 시작한다.

"네 군 생활은 잘못되지 않았다."

"…예."

"실제로 네가 포상휴가가 필요한 후임들에게 휴가를 양보해 준 것에 대해서는 이 행보관도 높게 평가한다. 그 보답이 지금 되돌아왔다고 생각해라."

사람은 주는 만큼 다시 받게 되는 법이다.

다만, 남우성은 이렇게 생각했다.

자신이 준 것은 얼마 없는데, 오히려 너무 과분한 선물을 받은 기분이라고.

각자 유격에 대한 소감을 발표하는 자유 발언대 시간.

가장 많이 나온 말은 역시나 '좆같은 유격!' 이었지만, 포대장의 눈치를 봐서 적당적당히 그 욕설 수위를 조절할 수밖에 없었다.

"자, 그럼."

포대장이 나와 이제 마지막 남은 인원을 호출한다.

"우리 포대에서 유격왕이 선출되었다. 이도훈!"

"일병 이도훈!"

"나와서 멋진 소감 하나 해보도록!"

"예, 알겠습니다."

이번 유격 훈련에서 가장 우수한 성적을 거둔 병사로 선정된 이도훈.

모든 유격 코스를 조교보다도 우수한 실력을 선보이며 통과했으며, 유격 훈련간에 훈련을 받는 태도 역시 성실함을 인정받아 조교들의 만장일치로 유격왕에 선정되었다.

도훈의 군 생활에 있어서도 최초의 유격왕 수상이기도 하기에 약간 뿌듯한 감정마저 느껴진다.

머쓱하게 자유 발언대에 나온 도훈이 말하길.

"당연한 결과라서 별로 딱히 소감 같은 건 생각 안 했습니다."

"이런 씨발 놈!!"

"잘난 척하는 거냐! 이도훈!!"

"나가 뒈져라, 이 새끼야!"

병사들의 야유와 장난스러운 욕설이 퍼부어지기 시작한다.

다른 포대들을 누르고 제1포대에서 유격왕이 나왔다는 건 포대장으로서도 기분 좋은 일이기도 하다. 본부 포대와 제2포대, 그리고 제3포대 포대장들 앞에서도 당당하게 어깨를 피고 다닐 수 있게 되었으니까 말이다.

게다가 사실 병사들 몰래 포대장들끼리 어느 부대에서 유격왕이 나올지도 장난삼아 내기를 했었다.

이번 내기의 우승자는 누가 말하지 않아도 제1포대 포대장이 확실했다.

"에… 아무튼 재미있던 유격 훈련이었습니다. 저를 비롯해서 내년에 또 받아야 할 분도 몇몇 계시긴 하지만, 그래도 재미있었습니다."

유격을 한 번 더 받아야 한다고 해도, 두 번째 받는 유격은 차이점이 있을 것이다.

곁에 있는 전우가 다르다.

아마도 내년 유격을 받을 때쯤은, 도훈이나 철수 둘 중 하나가 분대장을 달고 이곳에 올 것이다. 최고선임으로서 하나포를 이끌고 유격 훈련을 받아야 하게 될지도 모른다.

물론 최고선임으로서는 한수도 남아 있겠지만, 그때쯤이면 한수도 분대장을 도훈에게 물려주고, 분대장으로서가 아닌 전역을 앞두는 말년병장으로서 유격 훈련에 참가하게 될 것이다.

범진과 재수와 같이 유격을 뛰는 건 이번이 마지막이다.

그렇기에 도훈은 이 기억을 소중히 보관하고 싶은 것이다.

"재미있었습니다!!"

"역시 이도훈!"

"군대 마스터답다—!"

휘파람을 불며 도훈의 짤막하고 인상적인 소감에 환호를 보내준다.

이렇게 이들의 마지막 유격 훈련의 밤이 지나가게 된다.

다음 날 아침.

유격 훈련의 마지막 날.

오전에 간단한 PT체조 훈련을 받기 위해 연병장에 모인 이들이었지만, 5일째 되는 날이다 보니 이제 각자 PT체조의 달인이 되어가기 시작했다.

서당 개 3년이면 풍월을 읊는다 했든가.

그 힘든 8번 온몸 비틀기도 이제는 적응이 다 되어서 쉽사리 할 수 있게 되었다.

아니, 정확히 말하자면 꼼수가 발달해서 조교들 눈치를 보면서 설렁설렁하게 되는 경지에 이르게 되었다고 표현하는 편이 정확할지도 모른다.

그렇게 간단하게 오전 PT체조를 마치고 나서 CS복이 아닌 일반 전투복으로 갈아입은 이들에게 주어진 것은 바로 꿀맛 같은 오침!

"자라, 잡것들아."

어제 저녁 내내 운전하느라 피곤한지 행보관의 목소리에도 피곤함이 묻어 나온다.

다른 간부들 역시도 오늘 있을 유격 복귀 행군을 위해 취침을 하기 시작한다.

병사들 역시도 행보관의 지시에 텐트 안에서 달콤한 취침을 취했다.

오늘 하루 종일 밤을 새서 행군을 해야 했기 때문에 미리 잠을 자두지 않으면 나중에 개고생을 한다는 사실을 이들도 잘 알고 있기 때문이다.

게다가 복귀 행군은 엄청 빡세다.

입소 행군이 코스 자체가 난이도가 있는 편이지만, 솔직히 말해서 복귀 행군은 평이한 편이다. 하지만 왜 복귀 행군이 입소 행군보다 더 힘든지에 대해 이유를 굳이 캐묻는다면, 이렇게 대답할 수 있다.

유격 훈련을 하기 전과 하고 난 이후에 펼치는 행군.

둘 중에 어느 게 더 피곤하겠는가.

굳이 말할 필요도 없이 후자를 택할 것이다. 유격 훈련을 받고 나서 이미 녹초가 되어 있는 병사들에게 40㎞가 넘는 복귀 행군을 뛰라고 하면 죽을상을 하는 건 똑같은 반응이다.

물론 군대 마스터라 불리는 도훈도 마찬가지다.

그나마 체력적인 면에서는 문제가 없지만, 행군 자체가 주는 피로함은 체력적인 문제가 아닌 정신적인 싸움이다.

행군은 젊은 혈기인 20대 청년들에게 인내심을 부여해 주는 훈련이기도 하다.

그저 땅만 보고 묵묵히 걸으면서 끓어오르는 젊은 피를 조절해야 하는 훈련까지 동시에 하게 해준다.

참고로 살빼기 운동에도 도움이 많이 된다. 행군 자체가 체력적인 소모가 매우 큰 훈련이기 때문이다.

"드르렁……."

텐트마다 들리는 개성적인 코골이 소리와 함께 오후 3시쯤이 되어서야 행보관의 목소리가 다시금 울려 퍼지기 시작한다.

"기상—!!!"

"기, 기상!"

행보관의 말에 후다닥 일어난 이들이 눈을 비비적거린다.

"각 분과 분대장들은 CP텐트 앞으로 집합해라."

"예!"

행보관의 지시에 따라 분대장들이 주섬주섬 행동에 임한다. 하나포는 재수가, 그리고 둘포는 남우성이 자리를 비운

관계로 그와 동기인 부분대장 직책을 달고 있는 상병이 나와 대신 분대장 역할을 수행하기 시작한다.

분대장들을 모은 행보관이 헛기침을 하며 말한다.

"니들이 분과별 최고선임이니까 분대원들 건강 체크 잘하고. 무슨 일 있으면 포대장님이나 전포대장님한테 바로 알려줘라. 알겠냐."

"행보관님."

재수가 손을 들고 질문하고 싶다는 표정으로 묻자, 행보관이 재수에게 고개를 까딱인다.

"말해봐라."

"전포대장님도 또 행군 같이하시는 겁니까?"

"그래, 같이하신다고 하더라."

"그럼 사단장님은……."

"사단장님도 같이한다고 하신다."

"!!!!!!"

아닌 밤중에 홍두깨라 했던가. 아니, 밤은 아니니까 어울리지 않는 속담일지도 모르지만, 생각지도 못한 시련이 다가옴에 의해 분대장들은 뒤통수로 해머를 한 대 맞은 듯한 기분을 느낄 수밖에 없었다.

세상에. 살다 살다 사단장과의 행군이라니!

이 무슨 날벼락 같은 소리인가!

"물론 사단장님은 단독군장으로 하실 거다."

"사단장님이 행군을 뛰신다는 말씀은……."

재수의 머리가 빠르게 굴러간다.

군대만큼 위계질서가 잡혀 있는 조직도 드물다. 계급에 살고 계급에 죽는 게 바로 군대!

사단장이 친히 행군을 같이 뛰는데, 그 밑의 부하들이 안 오려야 안 올 수가 없을 것이다.

"그래, 연대장님, 그리고 대대장님도 죄다 싸그리 오신다."

"오 마이 갓……."

현기증을 일으킨 재수가 털썩 바닥에 주저앉는다.

물론 재수는 그나마 양호한 편이다.

오포 분대장은 기절 직전가지 갔으며, 행정분과 분대장은 입에 게거품을 물 뻔했다.

이게 무슨 행군인가.

호화로운 멤버들이 별 두 개를 앞세우고 거리를 행군한다!

국군의 날 행사 때 하는 퍼레이드라 해도 손색이 없을 정도로 완벽한 대열이다.

"해, 행보관님도 하시는 겁니까……."

"무슨 헛소리를 하는 거냐, 잡것아. 이 나이 먹고 행군을 어떻게 해."

"하, 하기사……."

"난 선발대로 가서 부대 정비할 거다. 수송부! 너희 쪽에도 이대팔이랑 같이 갈 거니까 그렇게 전해둬라."

"이대팔, 이 녀석……!"

하나포 분대장인 재수와 수송분과 분대장이 동시에 주먹을 불끈 쥔다.

건방진 뚱돼지 녀석이 이런 망고 자리는 제대로 잡는다.

"그리고 유격 간에 부상자들 모아서 같이 선발대로 부대 먼저 복귀할 거니까 분대장들은 부상자 파악해서 나한테 보고해라."

"예! 알겠습니다!"

행보관의 명을 받고 온 재수가 그간 자신이 받은 행보관의 전달사항에 대해 말해주자, 갑자기 범진과 철수가 바닥에 드러눕는다.

"아이고, 배야! 재수야! 나 갑자기 복통이 심해졌다!"

"아, 안재수 병장님! 오랫동안 앓던 허리통이 갑자기 재발했습니다! 아이쿠, 허리야!"

"……."

한동안 이들을 바라보던 재수가 엉덩이를 발로 과감하게 까버린다.

퍼억!

"아야! 아프잖아!"

"꾀병 부리지 마라, 김범진. 그리고 김철수, 너도 예외 없다. 우리 분과는 부상자 없는 걸로 알겠다. 알았냐."

"…쳇."

"아, 알겠습니다."

범진과 철수가 진심으로 아깝다는 표정으로 재수를 올려다본다.

한수는 별말 없이 묵묵히 행군 준비를 하기 시작하고, 도훈도 가볍게 몸을 풀며 오늘 있을 행군 일정을 다시 한 번 되새긴다.

변수가 있다면 역시 사단장과 직접 행군을 뛴다는 것인데.

'이것도 피드백의 일종일까.'

도훈이 원래 있던 세계에서는 사단장과의 행군이라는 일정은 전혀 없었다.

심지어 이렇게까지 사단장이 자신이 소속되어 있는 123대대에 관심을 많이 가진 적도 없다.

'세상 참 희한하구만.'

본래 세상이라는 게 이런 거 아니겠는가.

물론 오늘 있을 행군이 위기가 될지, 아니면 기회가 될지는 도훈에게 달려 있을 것이다.

'그것보다도 사단장님이 특별히 줄 상품이 뭔지가 더 궁금하군.'

잊고 있었을지 모르지만, 사단장은 분명 유격왕을 차지하는 병사에게 포상휴가뿐만이 아니라 특별한 포상을 준다고 했다.

아직까지 그 내용물은 도훈도 잘 모르지만, 아마도 퇴소식 때 유격왕 상장을 내리면서 동시에 밝히지 않을까 예상해 본다.

텐트 철거와 동시에 행군 준비를 마친 이들.

오늘따라 군장의 무게감이 심히 무겁게 느껴지지만, 그래도 어쩔 수 없다. 이제 와서 군장 안에 든 내용물들을 놓고 갈 수도 없으니까 말이다.

퇴소식을 위해 연병장에 모인 이들 앞에 검은 모자를 쓴 교관이 목소리를 높인다.

"부대— 차렷!"

척!

사단장의 등장과 함께 병사들이 긴장 어린 표정으로 사단장의 모습을 바라본다.

거수경례를 받은 사단장에 뒤이어 사회자가 이도훈을 호출한다.

후다닥 뛰어온 이도훈이 단상에 오르자, 사단장이 유격왕 표창을 건네준다.

"수고했다, 이도훈."

"일병 이도훈! 감사합니다!"

짝짝짝!!

박수 소리가 연병장 내부를 가득 채워간다.

유격왕의 상징인 빨간 조교모까지 받은 도훈에게 사단장이 드디어 모두가 궁금해하던 특별 포상에 대해 언급을 하기 시작한다.

"이도훈, 포상휴가는 좋아하는가."

"완전 좋아합니다!!"

"그럼 이 사단장과 같이 휴가를 나가서 외식할 수 있는 기회를 주지. 어떤가?"

"……."

아뿔싸.

도훈의 머릿속은 점점 복잡해지기 시작한다.

단순한 포상휴가라면 참 좋을 터인데…….

"왜, 싫은가?"

"아, 아닙니다! 감사합니다, 사단장님!"

"간 김에 낚시라도 하고 말이지. 허허!"

"……."

불행이 동반된 포상휴가를 받고 만 이도훈이었다.

퇴소식을 마친 뒤 드디어 유격 훈련의 마지막을 책임질 복귀 행군 대장정에 오르게 된 123대대 인원들.

맨 앞자리에는 사단장을 비롯해 연대장, 그리고 대대장 일행이 행군의 머리 역할을 담당하게 되었다.

"어허, 그럼 출발해 볼까!"

"예! 사단장님!"

연대장이 깍듯이 머리를 숙이며 행군의 시작을 알린다.

"28사단, 파이팅!!"

"파이팅!!"

123대대였지만, 사단장이라는 인물이 존재하기 때문에 폭을 넓혀서 특별히 28사단 파이팅이라는 구호를 외치는 연대장의 센스에 뒤의 병사들은 역시 짬은 괜히 먹는 게 아니구나라는 생각을 품게 된다.

군대 생활에 대한 노하우.

그중에 하나가 바로 상관에게 잘 보이기가 아닐까 싶다.

여하튼 사단장과 함께 시작된 유격 복귀 행군.

순번으로는 사단장 일행, 본부포대, 제1포대, 제2포대, 그리고 제3포대 순서로 구성되어 있다.

그나마 다행이라고 할까. 사단장 일행 바로 뒤를 따르는 본부포대의 분위기는 말 그대로 삼엄 of the 삼엄이라는 생각에 도훈과 하나포 인원은 안도의 한숨을 내쉴 수밖에 없었다.

솔직히 도훈은 사단장이 또 자신을 직접 지목해서 옆에서 같이 행군을 뛰라는 말을 하는 게 아닐까 조마조마했다.

가뜩이나 사단장의 관심을 한 몸에 받고 있는 인물이기도 하니까 말이다. 물론 이 생각은 도훈뿐만 아니라 다른 하나포 병사들, 그리고 간부들도 똑같이 생각을 했다.

하지만 사단장도 머리가 있고 눈치가 있는 사람이다.

대놓고 한 병사를 편애하는 건 다른 병사들의 사기를 저하시킬 수 있다. 그렇기에 사단장은 일부러 도훈에게 별다른 관심을 보이지 않은 것이다.

어차피 사석에서 많은 관심을 보이면 되니까 말이다.

사단장의 여파 덕분일까.

제1포대 포대장은 행군 때마다 사실 FM 군장이 아닌 가라 군장을 착용했다.

어차피 포대장 짬이지 않은가. 게다가 다른 포대장들보다도 짬밥으로 따지면 가장 많은 축에 속한다.

그리고 대대장이 포대장들의 군장을 검사할 이유도 없으니까 말이다.

그래서 평상시에는 커다란 종이박스 하나만 넣고 부피만 불린 채 행군에 임하곤 했다.

하지만 이번 행군은 그렇게 할 수도 없는 것이…….

다름 아닌 사단장이 행군에 동참하지 않았는가!

여기서 괜히 가라군장을 했다가 사단장에게 들키기라도 한다면, 자신의 군 생활은 끝났다 해도 무방할 것이다.

'더럽게 무겁네!'

포대장이 속으로 욕지거리를 내뱉으며 제1포대 인원들 앞을 이끈다.

대대장과 연대장은 군장을 들고 가지 않는다. 포대장부터는 일반 병사들과 동일하게 군장 착용 완료.

그렇다고 딱히 억울한 것도 없다. 본래대로라면 대대장은 레토나를 타면서 행군 부대를 이끌어야 하지만, 본의 아니게 사단장의 참가에 대대장도 꼼짝없이 12시간 행군이라는 강행군을 펼치게 되었으니까 말이다.

아마도 억울한 순번으로 따지자면 자다가 사단장이 행군한다는 소식에 한걸음으로 달려온 연대장, 그리고 굳이 직접 행군을 하지 않아도 될 신분이었는데 졸지에 하게 된 대대장, 이 둘이 가장 클 것이다.

행군 일정은 오후 6시 시작, 그리고 오전 6시 도착.

아주 깔끔하게 12시간 행군이라는 일정으로 스케줄이 잡혀 있다.

"12시간 행군이라니……."

하나포 분대장인 재수가 한숨을 토해낸다.

사실 행군을 못할 것도 없지만, 그래도 12시간 강행군은 솔직히 말해서 부담스럽다.

자신도 분대장만 아니었으면, 범진과 철수처럼 꾀병을 부렸을지도 모른다.

하지만 분대장이라는 초록색의 견장은 등에 메고 있는 FM 군장보다도 무거운 법.

아마 김대한 역시도 평소에는 장난스러운 웃음을 유지하던 남자였지만, 이런 심적 부담감을 다 견뎌냈으리라 생각한다.

"자, 가보자!"

자신을 스스로 채찍질하며 군장을 다시 메기 시작한 재수의 말에 모두가 기운을 낸다.

그리고 행군이 지속된 지 4시간.

"아따… 더럽게 힘드네."

철수가 한숨을 내쉬면서 쉬는 장소에 그대로 엉덩방아를 찧는다.

처음 스타트는 정말 좋았다. 해보자! 라는 기분과 동시에 '까짓것 할 수 있다!' 라는 자신감으로 행군에 임했지만, 역시 행군은 행군이다.

훈련소 시절 때부터 몇 번을 해왔던 행군이지만 익숙해지지 않는 훈련이 바로 행군 아닌가.

"죽을 맛이네……"

범진이 수통에 담겨져 있는 물을 잔뜩 마신다.

한수 역시도 마찬가지. 체력적으로 자신 있는 이들이지만, 행군은 역시 힘든 훈련이기도 하다.

도훈도 수통에 담겨져 있는 물로 잠시나마 목을 축인다.

쉬고 있는 병사들. 불어오는 밤바람에 조금이나마 땀을 말리고 있을 무렵, 저 멀리서 빛나는 무언가가 다가온다.

밤하늘에 떠 있는 수많은 별! 하지만 그 별 중에서도 걸어오는 별이 보인다!

이름하야 투 스타, 사단장!

"잘들 쉬고 있는가."

"태푸우웅!!!"

쉬고 있다가 곧장 일어난 포대장이 목소리를 높이며 거수경례를 한다.

'사단장님께서 오시는데 쉴 수가 있겠습니까.'

라는 병사들의 속마음이었지만, 그렇다고 사단장 앞에서 이런 막말을 할 수도 없으니까 그대로 삼킨다.

병사들의 건강 체크까지 손수하면서 행군을 할 수 있는지 없는지에 대한 자신감을 묻기 시작한 사단장이 도훈과 마주한다.

"이도훈."

"일병 이도훈!"

"유격 훈련이 끝나면 상병 진급 훈련이 남았다고 들었다만."

"한 달 정도 남았습니다!"

"흐음. 그렇군."

고개를 끄덕이며 도훈을 바라본다.

사단장이 도훈의 진급 시기를 다시 한 번 확인한 것은 다름이 아니다.

도훈을 어떻게 해서든지 간부 지원으로 바꾸게 하고 싶다.

그게 바로 사단장의 속내다. 물론 이 속내를 도훈도 충분히 알고 있다.

다른 간부들 역시도 도훈이 간부 지원을 하기를 내심 기대하고 있을뿐더러, 심지어 대놓고 사단장이 도훈에게 간부 지원을 하라는 말도 들었다.

그 인물 중 하나가 바로 사단장.

간부 지원을 하면 솔직히 말해서 도훈에게는 성공된 미래가 보장되어 있다.

하지만 도훈이 섣불리 간부 지원을 하지 못하는 이유는 따로 있다.

피드백에 의해 의도된 만들어진 미래에 자신이 탑승해야 하는 것인가.

미래는 스스로의 힘으로 개척하는 것이다. 하지만 지금 자신의 군 생활은 피드백에 의해 어느 정도 형성된 미래이기도 하다.

그래서 사단장과 군단장에게 자신의 존재감을 어필할 수 있게 된 것이다.

물론 이들에게 어필한 것은 도훈의 능력이 탁월하기도 했다.

그러나 도훈은 내심 꺼림칙한 기분을 떨쳐낼 수 없었다.

"알았다. 잘 쉬도록."

"예!"

사단장이 별말을 하지 않고 다음 병사에게 건강 상태를 묻는다.

뭔가 거대한 폭풍이 지나간 듯한 느낌을 받을 수밖에 없었다.

설마 사단장이 이렇게 직접적으로 자신의 진급 시기를 물어올 줄이야.

'결정을 내려야 할 때인가.'

전역인가, 아니면 평생직장으로 군대에 남을 것인가.

그것이 문제로다.

행군 6시간째.

정확히 자정인 24시에 타 부대 안으로 진입한 이들은 병사

식당에서 간단하게 컵라면을 먹기 위해 줄을 서고 있는 중이다.

그 와중에 사단장이 온다는 소식을 듣고 부대 병사 식당을 제공한 대대장은 헐레벌떡 발에 땀이 나도록 뛰어와 목청 높여 거수경례를 한다.

"태푸우우웅!!!"

"그래, 지금 이 시간까지 부대에 남아 있느라 수고가 많네."

"아닙니다!! 사단장님께서 오신다는데 당연히 남아 있어야 한다고 생각합니다!!"

타 부대 대대장이 잔뜩 긴장한 모습으로 연신 목청이 터져라 외치는 모습을 123대대장도 남 일 같지 않은 시선으로 바라본다.

자신은 사단장과 6시간째 행군하고 있는 중이다. 옆에서 사단장이 지휘봉으로 여름의 향기가 물씬 풍기는 숲을 가리키며 칭찬할 때마다 옆에서 숲에 대한 예찬을 해야 하는 게 바로 대대장과 연대장의 역할이다.

간부들이 사단장에게 굽실거리고 있는 와중에, 병사들은 피로를 덜어내기 위해 컵라면 하나로 배고픔을 채우는 중이다.

그사이, 범진이 건빵 주머니 속에 손을 넣으며 하나포 인원들에게 뭔가를 하나씩 툭툭 던진다.

"이건……!"

범진이 건네준 무언가를 보자마자 철수의 눈이 번뜩인다.

"내가 너희를 위해 마지막까지 짱박아뒀던 '치즈' 다."

"역시 김범진 병장님!! 사랑합니돠아!!"

"다물고 처먹기나 해라, 김철수."

설마 치즈를 미리 준비했을 줄이야.

이건 도훈도 예상하지 못한 범진의 센스였다. 참치나 이런
게 있으면 더 좋았을 테지만, 그것까지 바라기에는 너무 양심
이 없다.

뜨거운 라면 위에 슬라이드 치즈 한 장을 얹는다.

끓어오르는 매콤한 연기 위로 치즈가 사르르 몸을 녹이면
서, 동시에 달콤한 냄새가 이들의 코끝을 자극하기 시작한다.

…꿀꺽!

침이 넘어가는 소리가 절로 들려온다. 나무젓가락으로 녹
은 치즈를 휘휘 저어 보이자, 늘어지는 치즈의 느끼함과 라면
면발의 매콤함이 한 곳에 아우러지기 시작한다.

한 젓가락 들어 올려 입안에 넣자, 절로 탄성이 나오기 시
작한다.

"캬아……!"

"쥑이는구만!!"

철수와 범진이 감탄사를 내뱉으며 라면을 흡입한다.

치즈 한 장의 행복.

군대에서는 평범한 라면 하나도 치즈 하나에 이렇게 산해진미(山海珍味)로 변하게 된다.

라면 하나의 행복에 얼었던 몸도, 마음도 전부 녹음을 느낀 이들은 다시 군장을 둘러메고 행군을 준비한다.

이제 겨우 6시간이 지났을 뿐이다.

"갈 길은 아직 멀고도 멀었도다……."

재수의 말 그대로, 이들은 겨우 이제 반에 도착했을 뿐이다.

아직 6시간을 그대로 똑같이 행군을 해야 한다는 사실에 전투화의 무게감도, 군장의 무게감도 2배로 느껴지는 절망감을 맛볼 수 있지만, 유격 훈련이 끝나면 꿀 같은 주말 휴식이 있기에 그것 하나만 믿고 가는 수밖에 없다.

이들은 적어도 이렇게 생각했다.

다시 시작된 행군.

현재 시각은 새벽 3시.

아까 먹은 라면의 부작용이라 할 수 있는 수면증세가 서서히 발동될 시기에, 꾸벅꾸벅 졸기 시작한 병사들이 병든 닭마냥 묵묵히 땅만 쳐다보고 걸어간다.

졸려 죽겠다.

지금 그게 모든 병사의 속마음.

몸도, 마음도, 체력적으로도, 정신적으로도 매우 지쳤다.

일반 행군도 아닌 유격 복귀 행군이라 몸은 더없이 피곤하다.

하지만 여기서 포기하면 안 된다.

나중에 부대에 가서 갈굼을 당하는 건 둘째치고, 아직도 사단장은 건재한데 여기서 포기라도 해봐라. 사단급으로 갈굼을 먹는 것이다.

"아… 씨발, 내 인생 진짜 좆같다!"

범진이 자신의 방탄모를 마구 두드린다.

하필이면 왜 사단장이 같이 행군을 하냔 말이다.

그리고 사단장은 지치지도 않는지 연신 호쾌한 목소리를 내면서 행군 대열의 머리를 이끌어가고 있다.

한때 부대 내에서 전설을 이룩했다던 바로 그 사단장이기에 아직도 충분히 할 만한 체력이 남아 도나보다.

"오늘도 123대대에서 전설 하나 남기시겠구만."

재수의 말에 다른 이들도 격하게 공감한다는 듯이 고개를 끄덕인다.

새벽 3시를 넘기고, 새벽 4시를 넘기고.

새벽 5시가 될 무렵, 드디어 마지막 쉬는 장소라 할 수 있는 시골학교 운동장에 도착한다.

"자, 이번이 마지막 쉬는 구간이다! 앞으로 1시간만 가면 부대다! 조금만 힘내라!"

"예!!"

우매한이 다른 이들을 독려하기 시작한다. 간부로서 부하 사병들도 챙겨야 하는 부담감도 있을 테지만, 오히려 우매한은 아직도 힘이 남아돈다는 듯이 잘도 돌아다닌다.

이래 봬도 훈련소 조교 출신이다. 훈련소에 있을 때부터 행군은 밥 먹듯이 했고, 다른 훈련병들 통솔도 매번 도맡아 했다.

이 정도는 우매한에게 있어서 껌일 것이다.

한편, 드디어 마지막 휴식 구간이라는 사실을 듣고 철수가 눈을 빛내며 건빵주머니를 뒤지기 시작한다.

그와 동시에 무수히 뻗어 나오는 각양각색의 간식들!

초코바하며 새콤달콤, 사탕 등 소규모 먹을거리들이 나란히 사이좋게 모습을 드러낸다.

"마지막이라고 하니까 다 먹어 치워야지!"

"여태껏 안 먹고 뭐했냐."

도훈이 황당하다는 표정을 지으며 묻자, 철수가 어색하게 웃으며 말한다.

"먹으려고 했는데, 좀처럼 타이밍이 안 나더라."

"유격 입소 행군 때는 아이스크림도 먹은 새끼가, 무슨 타이밍을 운운하냐."

기가 막힌 스피드와 기상천외한 먹는 방식으로 아이스크림 2개를 해치운 김철수 아닌가.

이제 와서 사사로운 간식거리 처리에 눈치를 보며 먹지 못했다는 말이 우습게 들릴 정도다.

"여하튼 이거 다 먹어야 하니까 이도훈, 너도 좀 먹어라."

"난 사탕은 빼고 줘라."

"까다로운 녀석."

"먹어주는 게 어디라고."

초콜릿과 새콤달콤 몇 개를 받아온 도훈이 입안에 동시에 털어 넣는다.

달콤한 맛과 동시에 시큼한 맛이 오묘한 조합을 이루며 입 안 가득히 퍼져 나가기 시작한다. 특히나 신맛은 혀를 자극하며 약간이나마 행군을 통해 몽롱한 정신을 다시금 일깨우는 작용을 해준다.

이제야 좀 다시 기운을 차렸는지 도훈이 이리저리 허리를 풀며 자신의 얼굴을 찰싹 때려본다.

"좋아! 재충전 완료!"

이제 정말 얼마 남지 않았다.

길고 길었던 유격의 끝이!

천근같이 무거운 몸을 이끌고 앞으로 향해 나아간다.

저 앞에서 사단장의 걸걸한 목소리가 들려오지만, 뒤에 가는 병사들은 죽을 맛이다.

K—2도 제대로 착용하고 있어야 하고, 사단장 앞이라 그런지 심적 부담도 평소 행군보다도 훨씬 많다.

그래도 사단장과의 행군이 군 생활에서 겪을 수 없는 희귀한 현상이라는 사실을 알고 나면 이런 경험도 한 번쯤은 좋다고 판단할지 모른다.

물론 지나간 뒤에 돌아가서 생각해 볼 때 좋다고 생각할 뿐이지, 그 일이 현재진행형이라면 당연히 자연스럽게 걸쭉한 욕부터 튀어나올 것이 틀림없다.

어쨌든 이런 지옥 같은 유격 복귀 행군이 드디어 끝을 알리는 신호탄이 들려온다.

"부대다! 부대가 보인다!!"

"뭐라고?!"

본부 포대에서 먼저 들려온 소리에 병사 모두가 땅을 향해 있던 고개를 추켜올린다.

정말이다!

자신들이 평소 생활하던 123대대가 보이는 게 아닌가!

"이런 씨발, 오늘따라 우리 부대가 이리 반가웠던 적이 있었나?!"

철수가 자연스레 욕 한 사발과 더불어 반가움을 표출한다.

자대가 반가운 적은 훈련을 마치고 자대로 복귀할 때 말고는 거의 없다시피 할 것이다.

자대의 모습에 모두가 반갑다는 시선을 뿜내며 천천히 위병소를 통과하기 시작한다.

위병소 안에는 다른 부대에서 파견 나온 병사들이 근무를 서고 있었다.

하나둘씩 위병소를 통과하고 연병장에 서자, 단상 위로 사단장을 비롯해 연대장, 그리고 대대장이 올라온다.

연대장과 대대장은 예상치 못한 행군 동참에 피곤해 죽겠다는 표정을 하고 있었지만, 그와는 다르게 사단장은 이번 행군이 아주 만족스러웠다는 표정을 하고 있었다.

"정말 수고 많았다!"

사단장의 말과 동시에 123대대 병력들 역시 '수고하셨습니다!' 라는 통일된 말을 내뱉는다.

고개를 끄덕이며 이들의 기운찬 목소리를 청취한 사단장이 다음 말을 이어간다.

"정말 오랜만에 행군을 해봤는데, 젊은 혈기를 간접적으로나마 느끼며 같이 12시간 행군을 한 이 기분은 뭐라 말로 표현할 수 없을 정도로 기쁘다! 이 사단장은 자네들과 한 유격

복귀 행군에 매우 만족한다!'

"감사합니다!!"

"자, 다들 들어가서 쉬도록! 연대장, 대대장! 병력들 통제해서 내일 하루만큼은 아무런 일도 시키지 말고 푹 쉬게 하게!"

"예!!"

사단장의 말에 모두가 환호를 지른다.

역시 사단장님이라는 듯이 목청을 높여 사단장에게 감사하다는 의미를 담은 인사를 제각각 보낸다.

내일이 주말이기는 하지만, 부대 정비니 뭐니 하는 일들이 있다. 하지만 사단장은 그런 건 내일모레로 미루고, 일단은 하루 종일 개인 정비 시간을 가지게끔 하라는 엄포를 내린 것이다.

병사들은 일단 행보관의 마수(?)에서 벗어난 점에 대해 매우 기뻐하며 각자 포대장들의 인솔에 따라 막사로 복귀한다.

"끝났다! 끝났다고!!! 좆같은 유격이 끝났따!!!"

범진의 말이 선창이 되어 1생활관 모두가 제각각 환호성을 지른다.

이제 정말 끝났다!

내년 유격이 남아 있긴 하지만, 올해 유격은 끝났다!

그 희열감이 병사들의 감정을 자극한 것이다.

일주일 넘게 개고생을 한 것을 생각하면, 지금 당장은 일단 씻고 자고 싶은 욕망밖에 들지 않는다.

1생활관에 넘치는 생기와 환호성이 시끄러웠는지, 버럭 문을 열고 등장한 행보관이 목청을 높인다.

"이 잡것들아!! 시끄럽다! 후딱 짐 정리 대충 하고 샤워할 준비 안 하나!"

"예! 알겠습니다!"

"그리고 온수는 10분 뒤에 나오니까, 생활관 분대장들끼리 샤워할 순번 정해 놔라. 괜히 다 우르르 처몰려가지 말고. 알겠냐."

"예!"

행보관이 나가자마자 분대장 중에서도 가장 선임인 안재수가 1생활관 분대장들에게 말한다.

"야, 다른 거 다 필요 없고 가위바위보로 끝낸다. 분대장들, 알겠냐?"

"예!"

"그럼 간다, 가위바위……."

"보!!"

하나포부터 여섯포까지.

총 6개 분과에서 가위바위보를 이길 확률은 6분의 1이다.

아니, 굳이 1등이 아니더라도 2등까지는 매우 양호한 편이다. 즉, 3분의 1의 확률로 따스한 물과 먼저 조우할 수 있는 특권을 누리게 된다는 뜻이다.

하지만.

"야, 이 씨발 놈아!!"

범진이 안재수에게 드랍킥을 날리는 이유는 다름이 아니다.

6개 분과 중에서도 꼴찌.

6분의 1의 확률에 당첨된 재수가 진심으로 미안하다는 표정을 지어 보인다.

"하… 이 죽일 놈의 가위바위보 운수…….."

"포대의 브레인이라는 놈이 가위바위보에서 꼴찌나 하냐?!"

"가위바위보가 머리 쓰는 게임이냐? 나도 머리 쓰는 게임이라면 꼴찌 안 한다고."

"어휴, 이놈의 핑계 봐라…….."

그래도 마냥 재수를 탓할 수도 없는 것이, 그의 말대로 가위바위보는 운이 모든 것을 정한다.

결국 따스한 물을 맨 꼴찌로 맞이하게 된 하나포 인원들. 선임이라 차마 뭐라 말도 못하지만, 어쨌든 대충 씻을 수는 있으니 그저 따스한 물이 남아 있는 사실 하나만으로도 감지덕지하게 된다.

드디어 온몸의 피로를 녹이는 샤워를 마치고 난 뒤.

"잘 수 있다!"

매트리스 위에 몸을 날린 범진이 곧장 포단을 펼치고 드러눕는다.

취침 점호는 따로 없다. 아침식사를 해야 할 시간인데 무슨 취침점호를 하냐면서 행보관은 그저 잘 준비된 녀석들부터 후딱 잠이나 쳐 자라는 식으로 각자 방송을 통해 통보를 내렸기 때문이다.

평상시 같으면 아침 점호를 받고 아침식사를 하러 식당에 내려갈 시간이지만, 오늘 하루만큼은 오침의 시작이다.

"아… 이제야 살 거 같다."

마지막으로 화장실 사용을 마치고 생활관 내부로 돌아온 도훈이 머리카락에 묻은 물기를 털어내며 자리에 앉는다.

생활관에 도훈이 등장하자마자, 제1생활관 인원들이 도훈을 바라보더니 일제히 박수를 치기 시작한다.

난데없는 박수 세례에 도훈이 황당한 표정으로 묻는다.

"몰래카메라 입니까? 이거."

"야, 이도훈."

범진이 포단 안에서 살짝 고개를 내민다.

"유격 훈련 때, 정말로 수고 많았다."

"저 말고도 다른 분들도……."

"그게 아니고, 임마."

이번에는 재수가 범진의 말을 이어받는다.

"사단장님을 절벽에서 구출했을 때에도, 그리고 유격왕을 차지한 것도, 남우성에게 포상휴가를 양보한 것도 전부 수고했다는 뜻이다."

"……."

"너 때문에 우리들의 마지막 유격 훈련에 정말 많은 추억이 생겼다. 이 은혜, 잊지 않으마."

올해로 마지막 유격 훈련을 뛴 선임급들.

이들 중에는 유격 훈련을 끝으로 곧장 전역을 앞둔 이들도 있고, 몇 달 뒤에 전역을 하는 자들도 있다.

그들에게 있어서 이도훈이란 존재는 영원히 기억에 남을 만한 유격 훈련 추억을 선사해 준 후임이라 해도 무방하다.

세상에 어느 부대에서 사단장을 절벽에서 구출하고, 유격왕을 놓고 참호격투장에서 전략과 전술을 겨루겠는가.

그리고 기껏 받은 포상휴가를 양도해 주기 위해 텐트마다 돌아다니면서 각 분과를 모포말이로 접수할 생각을 할 수 있을까.

이 모든 게 다 이도훈이라는 존재를 중심으로 벌어진 에피소드다.

그리고.

'추억'이다.

"감사는……."

약간 코끝이 찡해진 도훈이 머쓱하게 웃으며 말한다.

"오히려 제가 해야 할 거 같습니다."

도훈은 이들에게 진심으로 고마움을 느꼈다.

유격 훈련간에 벌어졌던 이 모든 추억은 도훈이 혼자서 만든 게 아니다.

모두가 있었기에, 그리고 재미있는 전우들이 있기에 모든 게 가능했다.

절대로 이도훈이라는 인물 혼자서는 할 수 없는 일들도 곁에 있는 전우들과 함께라면 언제나 재미있는 추억으로 변모한다.

자리로 돌아온 도훈이 포단을 덮으며 이제는 익숙해진 자대의 천장을 바라본다.

근 5일 만에 다시 보게 된 익숙해진 천장.

현재 시각 오전 8시 30분.

떠오르는 아침 해와 함께.

이 시간을 기점으로, 이들의 올해 유격 훈련은 끝을 맞이하게 된다.

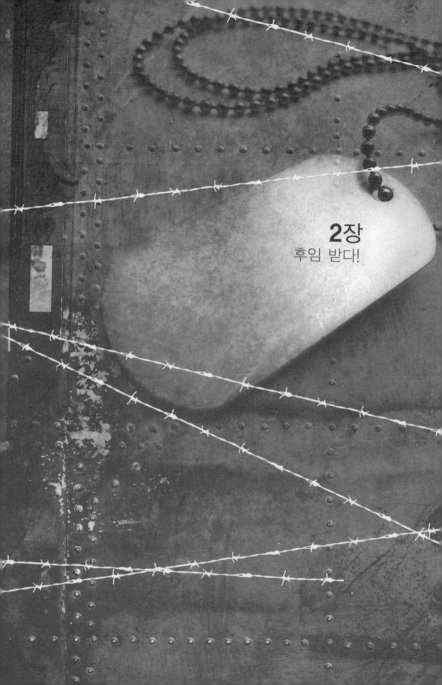

2장
후임 받다!

국방부 시계는 거꾸로 돌려도 작동하는 법.

만년 이등병이라 생각했던 도훈과 철수는 어느새 이등병을 탈출해서 일병이 되고, 다음 달이면 일병에서 상병으로 가기 위한 진급 시험을 보게 된다.

그리고 그들의 진급 시험이 곧 재수와 범진을 떠나보내는 날이기도 하다.

그전에, 도훈과 철수의 맞선임으로 활약하던 한수가 바로 오늘, 드디어 진급 시험을 통과하고 당당하게 상병으로 진급하는 데에 성공했다.

"상병 한수!"

"오~ 상병! 까리한데?"

범진이 한수의 상병모를 가리키며 말한다.

진급 시험을 통틀어 가장 우수한 성적으로 통과한 한수는 특급 전사라는 별칭을 받게 되었다. 이등병 때 이도훈도 받지 못했던 특급전사를 한수가 받은 것이다.

물론 이도훈은 그때 당시, 자신의 본래 말년병장으로서의 체력을 제대로 되찾지 못한 감이 없지 않아 있었지만, 그래도 특급으로 진급 시험을 통과한 한수는 가히 대단하다고 할 수밖에 없었다.

"역시 차기 분대장답구만."

"김범진 병장님, 은근슬쩍 상병모 더럽히지 마시기 바랍니다."

"어쭈, 이것 봐라. 그 상병모, 맞선임인 내가 사줬잖냐."

"사줬다 해도 더럽히는 것도 허용하는 건 아니지 않습니까."

"짜식, 군대에 있으면서 말빨만 늘었구만. 예전에는 찍소리도 못한 것이."

범진이 장난스럽게 웃으면서 말한다.

한수의 옛 모습이라.

상상이 잘 안 가는 도훈과 철수. 다시 훈련병 시절부터 군 생활을 하는 중인 도훈도 한수의 이등병 때 시절을 잘 모른다.

왜냐하면 본 적이 없으니까.

아무리 도훈이 기를 쓴다 하더라도 한수보다 먼저 입대를 하지 않는 이상, 그의 이등병 시절은 평생 볼 수 없을 것이다. 이래서 군대는 나이든 학력이든 뭐든 간에 무조건 빨리 온 놈이 승리자라는 말이 괜히 있는 게 아니다.

"여하튼 상병 축하한다, 한수. 조만간 정기 휴가 쓸 거냐?"

재수가 분대장 관찰일지를 작성하면서 묻자, 한수가 고개를 끄덕인다.

"예, 이미 김 상병한테도 말해뒀습니다."

"행동도 참 빠른 녀석이구만."

휴가는 전쟁이다.

병사들 사이에서 원하는 날짜에, 원하는 요일에, 원하는 구간에 휴가를 나갈 수 있는 것은 눈치 싸움.

그 눈치 싸움에서 승리하기 위해서는 필승법이 두개가 존재한다.

계급빨로 밀어붙이거나, 아니면 계급이 딸린다면 행정분과랑 친해져라!

특히나 휴가를 담당하는 계원과 친해진다면, 더할 나위 없는 편리함을 누릴지어다.

한수 같은 경우에는 자신의 동기가 행정분과에 있기 때문에 휴가를 나가는 데에 별다른 어려움 없이 원하는 날짜를 차지할 수 있다. 게다가 부대 내에서도 한수의 이미지는 대체적으로 좋은 편이기에 웬만해선 한수에게 휴가 가지고 태클을 거는 일은 없다.

"저놈이 재수 밑에 있다 보니까 얌체 같은 짓은 잘한단 말이지."

범진이 혀를 차면서 한수의 변모한 모습을 한탄한다.

그러자 재수가 자연스럽게 자신의 전투모로 범진의 머리를 딱! 때린다.

"잔말 말고 막사 올라갈 준비나 하자."

"쳇, 알았어."

슬슬 하루 일과를 마칠 시간.

포상에 있던 이들이 오와 열을 맞추며 막사 내로 올라가려던 찰나였다.

"태풍!"

"어, 태풍."

건성으로 재수의 거수경례를 받은 삼포반장. 하지만 묘하게 신경 쓰이는 부분이 있다.

바로 뒤에 따라오는 3명의 이등병!

허술하게 붙어 있는 이등병 약장, 그리고 등에 메고 있는 더블백, 한눈에 봐도 초보자 티가 팍팍 나는 저 눈썰미하며 온몸에서 풍겨져 나오는 땀 냄새가 이들이 '전입신병'임을 알게 해준다.

"삼포반장님, 새로 온 전입신병입니까?"

한수의 말에 삼포반장이 고개를 끄덕이며 말한다.

"그래, 조만간 너희 포반에도 한 명 배치될 거 같으니까 잘 봐두고 미리 점찍어둬라."

"정말입니까?!"

삼포반장의 말에 가장 민감하게 반응한 쪽은 다름 아닌 김철수.

근 1년 만에 받게 된 후임에 철수는 감지덕지한 시선으로 하늘을 향해 기도한다.

"오! 신이시여… 감사합니다……."

"아직도 군종병 포기 못했냐, 이 머저리야."

도훈이 어이가 없다는 식으로 기도를 하고 있는 철수에게 핀잔을 늘어놓는다.

새삼스럽게 언급하는 것도 창피할 정도지만, 철수는 군종병을 노리는 사나이. 물론 노리고만 있을 뿐이지, 실제로 차기 군종병의 자리를 보장받지 못하게 된 비운의 병사이기도 하다.

삼포반장이 잔뜩 긴장한 전입신병들을 데리고 행정반 안

으로 들어가자, 한수가 피식 웃으며 철수와 도훈에게 말한다.

"너희도 여기 처음 왔을 때 저랬다."

"하하하……."

개구리 올챙잇적 생각 못한다고 했든가.

자대로 전입해 오는 신병들은 언제나 늘상 바짝 얼어 있게 마련이다.

물론 군대 마스터라 불리는 도훈에게는 예외사항이지만 말이다.

저녁식사를 마치고 개인정비 시간을 가지고 있을 무렵.

―행정반에서 알려드립니다, 행정반에서 알려드립니다. 지금 즉시 각 분과 분대장들은 행정반으로 모여주시기 바랍니다. 다시 한 번 말씀드립니다. 지금 즉시…….

"분대장이라고?"

생활관 내에서 대(大)자로 뻗은 채 TV를 보고 있던 범진이 도훈을 부른다.

"야, 재수는 어디 갔어?"

"샤워하고 있습니다."

"한수는?"

"배 아프다고 화장실에 가 있습니다."

"……."

갑자기 할 말이 없어진 범진.

분대장이 자리를 비울 시, 최고선임자가 가야 한다는 사실을 범진도 잘 알고 있다.

하지만.

그도 말년이라 그런지 대놓고 귀차니즘이 몰려온다. 아니, 그것보다 오늘 전입신병이 자신의 분과로 올지도 모른다는 생각에 한 가지 장난칠 거리를 생각하고 있었는데, 여기서 분대장 집합에 참가하게 되면 그 장난이 벌써부터 들통 나게 된다.

"이도훈."

"일병 이도훈."

"네가 가라, 분대장 집합."

"……."

"나 마이 묵웃따 아이가."

영화 '친구'에서 볼 수 있을 법한 성대모사를 하면서 이도훈에게 분대장 집합에 참가할 것을 권유한다.

참고로 범진의 성대모사는 하나도 안 똑같다.

'어쩔 수 없지.'

속으로 이게 분과 막내의 슬픔이라는 사실을 제대로 인지하며 활동복에 슬리퍼를 신고 행정반을 향해 가기 시작한다.

어차피 자신도 이전 차원계에서 최고선임자로 자주 분대

장 집합에 참가하곤 했으니까 말이다.

"태풍. 일병 이도훈, 행정반에 용무 있어 왔습니다."

"야, 이 잡것아! 하나포는 왜 일병급을 보낸 거냐?!"

이도훈을 보자마자 꽥 소리를 내지르는 행보관이었지만, 들어온 이가 이도훈이라는 사실을 깨닫고는 잠시 생각에 잠긴다.

어차피 말년인 재수와 범진을 오는 것보다, 차기 분대장인 한수가 오는 것이 가장 최상의 시나리오라 생각하지만, 도훈도 나쁘지 않다.

게다가 분대장들을 부른 것은 다름이 아닌…….

"자, 이 잡것들아."

행보관이 분대장 or 최고선임자들에게 이제 막 자대 배치를 받은 3명의 신병을 가리키며 말한다.

"선택해서 골라가라."

"……!!!"

드디어 올 것이 왔다!

신병 뽑기!

여기서 얼마나 우수한 신병을 뽑느냐에 따라 그 분과의 미래가 달라진다. 예를 들자면, 이도훈과 김철수 중 한 명을 고르라는 상황에 봉착하게 되었을 경우, 이도훈을 뽑는 경우와 김철수를 뽑는 경우가 극명하게 갈리는 때를 생각하면 될 것이다.

셋 중에 하나!

"아, 참고로 배치될 분과는……."

행보관이 헛기침을 하면서 분대장들에게 각 분과를 호명한다.

"행정분과 한 명."

"아싸!!!"

행정분과 대표로 온 병사 한 명이 승리의 함성을 내지른다. 이 얼마나 고대하고 고대하던 신병이란 말인가.

"그리고 삼포 한 명."

"아싸라비야!!"

행정분과의 추임새에 더해서 격하게 좋아하는 삼포 분대장. 드디어 자신도 후임을 밑으로 4명이나 둘 수 있게 되었다는 희열감에 자체적으로 폭죽을 터뜨린 것이다.

"그리고 남은 한 명은 하나포."

"……."

다른 분대장들과는 달리, 도훈은 별로 기뻐하지 않는다.

왜냐하면 그는 이미 이 시점부터 후임이 들어올 것이라는 사실을 미리 알고 있었기 때문이다.

아무리 지금이 차원과 본래의 차원이 많은 이질감을 자랑한다 해도, 근본적으로 비슷한 미래 루트를 향해 나아가고 있다.

그렇다면 신병이 들어오는 시기도 엇비슷할 터.

그래서 도훈은 얼핏 자신의 분과에 신병이 배치될 것이리라 생각한 것이다.

그리고…….

'있다!'

도훈이 이전 차원에서 자신의 후임으로 데리고 있던 녀석이 셋 중에 있는 것이다.

'강승주…….'

실로 오랜만에 떠올리는 이름.

제대로 주기표조차 붙어 있지 않아서 누가 누구인지 알 수 없지만, 도훈은 확연하게 강승주를 골라낼 수 있었다.

한편, 행보관의 다음 말이 이어지기 시작한다.

"자, 어느 분과부터 정할래."

"행정분과가 먼저 하겠습니다!!"

"이런 건 삼포가 먼저 해야지!"

각자 상병장 계급을 달고 있는 이들이 짬으로 순번을 차지하기 위해 밀어붙이기 시작한다.

큰일이다. 이렇게 될 줄 알고 도훈은 가급적이면 이런 분대장 집합 때 잘 오려 하지 않은 것이다.

후임급이 오게 되면 중요한 사항을 결정할 때 이런 식으로 알게 모르게 군대 계급이 영향력을 행사하게 되는 것이다.

도훈이 아무리 군대 마스터라 하지만, 그의 노하우와 재치로도 극복할 수 없는 게 바로 계급 파워!

'어쩐다……'

도훈은 사실 이미 자신이 누구를 뽑을지 미리 정해뒀다.

물론 도훈뿐만 아니라 행정분과와 삼포도 누구를 뽑을지 정해둔 지 오래다.

그래서 이렇게 서로 먼저 뽑으려고 발악을 하는 것이다.

하지만 도훈의 지원군을 자처하는 든든한 존재가 손을 번쩍 드는데.

"공평하게 가위바위보로 하는 게 어떻겠습니까."

바로 도훈에게 크나큰 도움을 받았던 둘포 병사 포반장, 남우성이 자신의 의견을 제시한 것이다.

한수와 함께 병장으로 진급한 남우성이기에 지금 이 자리에 자신보다 높은 선임급은 재수와 범진이 정도가 아니면 거의 없다 봐도 무방하다.

남우성의 말에 행보관이 고개를 끄덕이며 의견을 수용한다.

"그래, 각 분과 대표 3명이 나와서 가위바위보 해라."

남우성을 원망 어린 눈으로 바라보는 행정분과와 삼포였지만, 감히 남우성에게 대들지는 못한다.

병사로서 그의 포스만큼은 넘볼 수 없을 정도로 대단했기 때문이다.

도훈은 가볍게 남우성에게 고맙다는 눈빛을 보내지만, 남우성은 신경 쓰지 말라는 듯이 다른 이들과 같이 살짝 뒤로 물러서며 가위바위보할 공간을 마련해 준다.

남우성 덕분에 얻게 된 공평한 기회!

이 기회를 놓쳐서는 안 된다는 사실을 직감한 도훈은 자신이 낼 수 있는 필사의 카드를 제시한다.

남자라면 뭐겠는가!

주먹!

남자 아이가!

"가위바위……."

"보!!"

당당하게 주먹을 낸 도훈.

그리고…….

"이런 씨팔!!"

"젠장, 왜 하필이면……!"

다른 두 사람은 가위를 내고 만 것이다.

단 한 판에 순식간에 불리한 위치에서 유리한 고지를 점령한 이도훈은 전입신병 3명 앞에 선다.

한 명은 철수 급으로 덩치가 매우 크며 한눈에 봐도 잡일

하나는 잘하게 생긴 신병.

다른 한 명은 제법 똘똘하게 생겨서 재수의 뒤를 이어 포대의 브레인이라 불릴 인재처럼 보이는 신병이 눈에 들어온다.

그리고 유독 사람들의 시선에서 벗어난 인물이 한 명 존재하고 있었으니.

비실비실한 체형, 축 처진 어깨, 왠지 오자마자 관심병사로 낙인찍힐 거 같은 첫인상에 모두가 저 신병만큼은 뽑지 말아야지 하는 생각이 드는 게 사실이다.

아무리 봐도 3명 중 꽝은 당연히 저 비실이.

그렇기에 행정분과와 둘포는 어떻게 해서든지 자신들이 꽝을 고르지 않게 하기 위해서 목소리를 높였던 것이다.

하지만 기회는 이도훈에게 갔으니, 결국 두 분과 중 한 분과가 꽝을 골라야 하는 불행한 상황까지 오게 되었다.

'이런 씨팔······.'

전포는 힘을 잘 쓰는 놈이 필요하다. 그렇기에 분명 철수급의 덩치를 지니고 있는 신병을 뽑으리라 예상한 다른 분과들은 속으로 욕지거리를 내뱉는다.

그러나······!

"전 이 녀석으로 고르겠습니다."

도훈이 고른 것은 다름 아닌 비실이.

이름은 '강승주'였다.

"뭐?!"

"진짜냐, 이도훈."

"무슨 정신머리로 저런 녀석을 고른 것인지 원……."

뒤에 있던 선임급들이 믿기지 않는다는 듯이 도훈의 선택
에 비난을 퍼붓는다.

후임급답지 않게 보는 안목이 꽤 있을 거라 판단한 도훈이
었지만, 막상 비실이를 고른 선택에 도훈의 평가가 엇갈리기
시작한 것이다.

누가 봐도 비실이는 짱이라는 사실이 나오는데, 왜 그렇게
안 좋은 선택을 하게 된 것일까.

행보관도 약간 이해가 안 간다는 듯이 혹시나 해서 묻는다.

"이도훈. 정말이냐?"

"예, 변함없습니다."

"흠……."

번복은 없다는 도훈의 강경한 의지에 행보관은 침음성을
흘릴 수밖에 없었다.

기껏 남우성의 도움으로 인해서 먼저 A급 이등병을 고를
찬스를 얻었건만, 그 기회를 터무니없이 날려 버리다니.

이도훈답지 않은 선택이라 모두가 그렇게 생각했다.

물론 그 생각은 하나포 내부에서도 마찬가지였다.

"이도훈, 이 녀석아! 니가 이렇게까지 사람 보는 눈이 없을

거란 생각은 못했다!"

철수가 갑자기 도훈에게 맹비난을 퍼붓기 시작한다. 철수뿐만 아니라 차기 분대장을 달 재목이기도 한 한수도, 그리고 현 분대장인 재수도 이번만큼은 도훈의 생각에 납득할 수 없다는 말을 표시한다.

"도훈아."

"예."

"혹시 다른 선임 녀석들 때문에 눈치 보여서 일부러 비실이 고른 거 아니냐?"

재수가 살짝 목소리를 깔며 말해보지만, 도훈은 그런 외압 같은 건 크게 신경 쓰지 않고 오로지 자신의 소신 있는 선택을 고집했다는 말만 남긴다.

하기사.

누가 뭐래도 이도훈 아닌가.

선임급 애들보다도 훨씬 더 넘을 수 없는 사차원의 벽이라 불리는 사단장, 군단장급 빽을 지니고 있는 도훈인데 괜히 상병장급들을 무서워할 이유는 없다.

오히려 도훈에게 밉상을 보이면 그 즉시 영창으로 향할 수 있다는 두려움이 더 크다.

그런 이도훈에게 감히 누가 외압을 보여주겠는가.

"…어떻게 할 거냐, 한수."

재수가 다음 분대장을 달 한수에게 의견을 묻는다.

어차피 재수는 한 달 있으면 전역할 신분이다. 말년 휴가 몇 번 갔다 오면 전역인데, 가장 오래 볼 한수의 의견이 더 중요하게 반영되기 때문에 이렇게 질문을 던진 것이다.

잠시 고민하던 한수에게 재수가 말한다.

"지금이라도 번복할 수 있게 내가 힘 한번 써주마."

"…아닙니다."

재수의 호의를 거절한 한수가 생각을 정리한다.

"A급 병사가 아니더라도, 앞으로 하나포에서 함께할 식구 아닙니까. 고작 마음에 안 든다는 이유로 다른 분과에게 떠넘긴다는 것은 신병한테도 미안할 뿐입니다."

"하긴."

아마도 다른 분과 역시도 하나포와 똑같은 생각일 것이다.

비실이만큼은 피하자.

하지만 그 비실이가 하나포로 들어왔다. 그런데 이제 와서 다시 이 선택을 번복하면, 하나포 이미지도 안 좋아질뿐더러 다른 분과, 특히나 강승주 본인에게도 매우 미안하다.

게다가 한수는 왠지 모르게 도훈의 선택에 뭔가가 있을 거라고 믿고 싶었다.

다른 누구도 아닌 이도훈이다.

녀석은 분명 능력자다. 일반 사병으로 두기에는 너무나도 아까울 정도로 군대에 대해서만큼은 다른 누구한테도 지지 않는 노하우와 안목을 보여준다.

그런 도훈의 선택이라면, 한수는 필히 무슨 의도가 있으리라 생각한 것이다.

"그럼 철수야, 니가 비실이 행정반에서 데려와라."

"예!"

"그리고……"

재수가 생활관 내부를 슬쩍 훑어보면서 묻는다.

"김범진, 이놈은 어디 간 거냐?"

"아… 그게 말입니다."

어색하게 머리를 긁적이던 한수가 작게 한숨을 내쉴 무렵.

생활관 문을 발로 박차며 들어온 범진이 큰 목소리로 외친다.

"신병 받아라!!"

"……"

이등병 모자에 이등병 약장을 전투복에 붙인 김범진… 아니, 이병 김범진이 장난기 가득한 목소리로 외친다.

"이제부터 난 이등병이다! 알겠냐!"

말로만 듣던 바로 그 전설의 놀이, 신병이 자대 전입해 오면 꼭 말년 병장이 심심해서 한 번씩 해본다는 바로 그 놀이.

'신병 놀이'의 서막을 알리는 한마디였다.

"어때, 이등병 같냐?"

"엉덩이를 확 걷어차 버릴라."

재수가 진심으로 범진에게 폭행을 가하고 싶다는 듯이 말한다.

어디서 구해왔는지 손으로 약장을 단 이등병 모자를 통해서 자신이 신병임을 적극적으로 어필하겠다는 의지가 강하게 보인다.

한편, 행정반에서 강승주를 데려온 철수가 범진의 이등병 모를 보자마자 풉 하고 웃음을 터뜨린다.

순간 범진이 매섭게 철수를 노려보자, 순간 정색한 철수가 고개를 힘차게 끄덕인다.

선임인 거 티내지 말라는 의미가 분명할 터.

"강승주."

"이병! 강! 승! 주!"

철수의 말에 기합이 잔뜩 들어간 관등성명을 외치는 강승주. 비실이 주제에 의외로 목소리는 크다.

"어흠. 여기 이 김범진 병… 아니, 범진이는 너 자대전입 오기 일주일 전에 들어온 신병이다. 동기니까 잘 지내도록."

"동기… 말씀이십니까?"

"어, 동기."

"예, 예! 알겠씁니돠아!!"

제대로 속아 넘어갔다.

범진이 속으로 킥킥 웃기 시작하며 각 잡힌 모습으로 생활관에서 이등병 놀이를 하고 있다.

재수와 한수도 범진의 완벽한(?) 연기에 혀를 내두를 정도였다. 평상시에 군 생활을 저렇게 열정적으로 하면 얼마나 좋을까.

하지만 범진이 군 생활을 열심히 하는 모습은 상상이 잘 안가기 때문에 이들은 그러려니 하고 넘긴다.

한편.

범진의 완벽한 이등병 연기에도 불구하고 승주는 그저 우물쭈물거린다.

그 모습을 보고 도훈은 순간 눈치를 챘다.

'녀석… 벌써부터 능력 발휘하는 건가.'

도훈이 강승주를 선택한 것은 결코 실수가 아니다.

전에 있던 차원에서는 하나포가 신병 우선 선택권 전쟁에서 실패한 탓에 비실이라 인식이 박힌 강승주를 어쩔 수 없이 데려오게 되었다.

그때도 맞선임이 바로 이도훈이었다.

물론 강승주의 첫인상은 말 그대로 최악이었다. 멀쩡한 A급 병사들을 놔두고 강승주를 데려왔으니 하나포 인원들은 그때 당시만 해도 배가 아프다는 식의 반응을 선보였다.

하지만!

강승주가 보여준 '능력'은 실로 놀라운 것이었으니!

'유감없이 너의 존재감을 펼쳐봐라, 강승주.'

과거 맞후임과의 재회!

도훈은 앞으로 보여줄 강승주의 활약에 벌써부터 두근거리기 시작했다.

다음 날 아침.

오늘도 변함없이 국기에 대한 경례와 국군도수체조 등 각양각색의 체조를 마친 제1포대 인원들.

이제 막 자대로 전입해 온 강승주는 아직 대기 기간이기 때문에 선임들을 따라다니며 이것저것 배우는 시간을 가지는 중이었다.

아침식사를 마치고 난 이후에 1생활관에서 대기 중인 신병들.

특히나 신병 3인방 중 외형만 봐도 A급 병사의 포스를 풍기는 녀석이 가볍게 어깨를 털어내며 말한다.

"아따… 너희는 자대 어떤 거 같냐?"

덩치 녀석의 물음에 똘똘해 보이는 안경 녀석이 가볍게 한숨을 토해내며 말한다.

"차라리 훈련소가 더 편한 거 같다. 이거야 원… 생활관 내에서 선임들 눈치 보느라 죽을 맛이야."

"그러게. 야, 비실이. 너는 어때?"

덩치가 비실이, 강승주를 지목한다.

덩치는 안 그래도 모든 포반이 자신을 탐내고 있다는 사실에 가뜩이나 우쭐해진 상태다. 힘쓰는 일은 자신이 있는 터라 삼포에서도 덩치의 분과 전입을 매우 환영하는 눈치였다.

또한 안경잡이 역시도 두뇌회전이 빠른 탓에 행정분과 내에서도 상당히 높은 평가를 받고 있는 중이다.

각 분과마다 제대로 신병 잘 들였다는 반응 덕분에 어제 막 전입을 했음에도 불구하고 덩치와 안경의 자신감은 하늘을 찌르고 있었다.

반면, 이들과는 비교될 정도로 저조한 평가를 받는 중인 비실이, 강승주는 잔뜩 주눅이 든 채 말한다.

"나는 그냥 뭐……."

"짜식, 야! 나를 본받아라. 하다못해 힘쓰는 일이라면 운동이라도 주기적으로 해서 근력을 기르든가."

"우, 운동은 별로 취미 없는데……."

"넌 도대체 장점이 뭐냐? 그러니까 선임들이 처음에 다 너 안 데리고 가려고 난리친 거잖아."

"……."

"그… 이도훈 일병님? 그분이 조금 특이해서 널 먼저 골라갔을 뿐이지, 자대 분위기상으로는 아무리 생각해도 나하고 안경 녀석이 A급으로 인정받는 분위기니까. 너도 좀 분발해라. 적어도 난 우리 동기 라인에서 욕먹는 놈 나오는 거 매우 싫어하니까."

"…노력해 볼게."

리더십 있어 보이는 덩치의 말에 강승주가 옅은 한숨을 내쉰다.

사실 덩치의 말에 승주도 어느 정도 공감을 하고 있는 편이다.

도훈이 승주를 데리고 왔을 때, 핀잔을 늘어놓는 재수와 한수의 모습을 지나가다가 얼핏 봤기 때문이다.

기껏 자신을 선택해 준 고마운 선임인데, 비실이라는 이유로 그렇게 맹비난을 받는 도훈의 모습에 승주는 미안한 감정이 들 수밖에 없다.

그렇게 노란 견장을 찬 신병 3인방이 1생활관에서 과거 철수와 도훈이 대기 기간에 보냈던 지루한 시간을 똑같이 체험하고 있을 무렵이었다.

"어이~ 동기들!"

생활관 문을 조심스레 열고 등장한 범진이 손을 들며 신병 3인방에게 반갑게 인사한다.

어디서 구해왔는지 노란 견장까지 제대로 차고 온 범진이 사사삭 소리를 내며 이들 곁에 앉는다.

"무슨 이야기하고 있었어? 나도 좀 끼자."

"범진이 왔냐? 어디 갔다 온 거야."

덩치가 범진의 어깨에 손을 올리며 친한 척을 해본다.

어젯밤, 범진은 철수에게 자신을 데리고 각 분과별로 돌아다니면서 동기라고 소개하라는 지시를 내려놨기 때문에 이미 신병 3인방에게는 범진이 자신들과 같은 동기 라인이라는 사실을 열심히 선전해 놓은 상태였다.

그래서 덩치도, 그리고 안경도 범진의 등장을 반갑게 맞이해 준다.

"화장실 갔다 왔지. 오줌보 터지는 줄 알았다. 선임들 눈치보느라 화장실도 제대로 못 가겠어."

범진이 과장된 목소리로 말하자, 안경이 고개를 끄덕이며 말한다.

"그 점은 나도 공감해. 대기 기간이라고 화장실 가는 것도 선임이 따라서 같이 가야 하다니. 솔직히 말해서 좀 짜증나긴 하더라."

"나도!"

라는 말을 하는 범진이었지만, 속으로 웃겨 죽겠다는 감정을 애써 숨긴다.

이게 바로 이등병 놀이의 묘미 아니겠는가.

"야~ 그런데 같은 생활관에 있는 안재수 병장님 말이야."

슬슬 이등병 놀이의 하이라이트가 발동된다.

"말 그대로 재수없지 않냐? 안재수가 뭐냐, 안재수가. 하하하!!"

신병인 척하면서 같이 선임 까기!

범진의 말에 덩치와 안경, 그리고 승주가 슬쩍 눈치를 본다.

벌써부터 선임 뒷담화를 까기에는 아직까지 이들의 담력이 부족한 탓이었다.

그런 신병들의 기분을 눈치챈 범진이 걱정하지 말라며 말한다.

"다들 진지공사 하러 갔으니까 괜찮아. 막사 주변에는 우리들밖에 없어."

"그, 그래?"

덩치가 범진의 말에 깜빡 속아 넘어간 듯한 반응을 보인다.

미끼를 덥석 문 덩치가 다시 한 번 주변을 둘러보며 말하길.

"솔직히 이름부터 재수없어."

"크크큭. 그렇지?"

"어, 재수가 뭐냐, 재수가. 게다가 말년병장이라고 깔깔이 입고 돌아다니는데… 대놓고 티 좀 안 냈으면 좋겠더라."

"나도 그렇게 생각해. 안재수 그 새끼, 더럽게 재수없지."

범진의 미끼에 파닥파닥 걸린 신병들.

속으로 '월척이오!' 함성 소리를 내지른 범진이 이번에는 타깃을 안경으로 잡는다.

"너도 그렇게 생각하지?"

"그야 두말하면 입 아프지. 누구는 머리 안 좋나. 내가 안 재수 병장보다 학력도 좋은데, 누가 포대의 브레인이라 하는 건지 모르겠다."

"비실이, 너는?"

드디어 마지막 타깃인 강승주에게로 떡밥이 돌아간다.

질문을 받은 강승주.

순간 망설이는 그의 태도에 범진이 한 번 더 떡밥을 던진다.

"괜찮아, 괜찮아. 여긴 우리들밖에 없다니까."

이것이 바로 악마의 속삭임이 아니고 무엇일까.

잠시 망설이기 시작하는 강승주.

도대체 왜 망설이는 걸까?

덩치와 안경의 입장에서는 왜 강승주가 망설이는지에 대한 이유를 알 수가 없었다.

후임이 선임 뒷담화 까는 게 어때서? 선임 면전 앞에서 하는 것도 아니고 말이다.

하지만 이들이 간과하고 있는 사실이 있다.

"죄, 죄송합니다! 김범진 병장님!"

"뭐엇?!"

순간 놀란 쪽은 덩치도, 안경도 아닌 김범진 자신이었다.

왜 들킨 거지?

자대 내에서도 천연덕스러운 연기력으로 따지자면 범진을 앞지를 사람은 없었다. 장난이랑 연관되어 있는 일에만 묘하게 모든 신경과 노력을 집중하는 범진이기에 그의 혼신을 다한 이등병 연기가 들켰다는 것은 말 그대로 충격이다.

있을 수 없다.

그런데 왜 강승주란 녀석은 자신의 정체를 알고 있는 것인가?!

"너, 너! 도훈이가 알려준 거냐?!"

"그건 아닙니다만……."

"그럼 어떻게 내가 병장이라는 사실을 눈치챈 거야! 증거를 대봐!"

마치 추리 소설에서 탐정에게 범인이라고 지목을 당한 인물처럼 고래고래 소리를 치기 시작한다.

범진의 연기력은 완벽했다.

그 말인즉슨, 누군가가 일부러 범진이 병장이라는 본래의 정체를 승주에게 알려주지 않는 이상, 들킬 위험은 없다는 뜻이기도 하다.

하지만 그런 범진의 추리를 방해하는 자가 있었으니.

"김범진 병장님, 제가 괜히 비실이… 가 아니고. 강승주를 고른 게 아닙니다."

"너는?!"

놀란 신음을 토해내는 범진의 앞에 등장한 것은 다름 아닌 이도훈.

"강승주."

"이, 이병 강승주!"

"너, 어떻게 김범진 병장님의 본래 계급을 알아맞힌 거냐."

"그, 그건……."

도훈의 직설적인 질문에 승주가 머리를 긁적인다.

"그야… 한 번 뵌 적이 있어서 '기억' 합니다."

"뭐? 언제?!"

범진이 놀란 표정으로 되묻자, 승주가 재차 설명해 준다.

"어제 삼포반장님이 저희 데리고 막사로 막 왔을 때… 하나포 선임들하고 한 번 만난 적 있지 않습니까?"

"그 짧은 시간에 나를 보고 기억해 냈다고?!"

자대에 오고 나면 낯선 사람의 숫자만 가히 90명이 넘어간다.

그런데 어떻게 그 인원 중에서도 정확하게 범진의 이름과 계급까지 기억할 수 있겠는가.

물론 만난 적은 분명 있을 터이다. 하지만 그 짧은 만남의 순간을 기억이라는 메모리로 연관시키는 건 대단히 어려운 일이다.

순간적으로 무언가를 깨달은 범진이 고개를 돌려 도훈에게 외친다.

"서, 설마?!"

"예, 그 설마가 맞습니다. 김범진 병장님."

도훈이 승리의 미소를 지으며 말한다.

"저 녀석… 강승주는 '기억력이 대단히 좋은 녀석' 입니다."

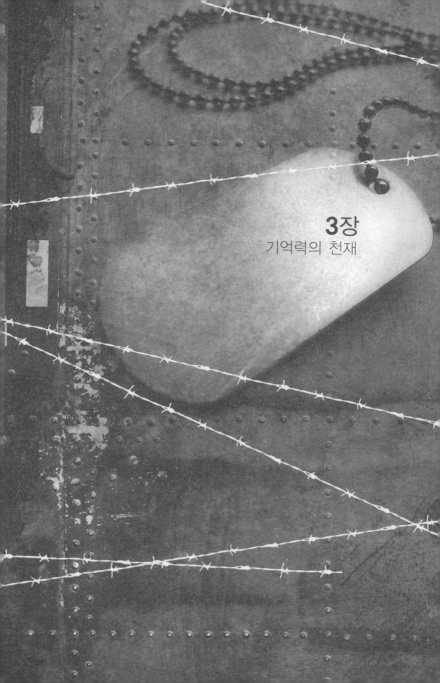

3장
기억력의 천재

군대 내에서는 잘해야 할 게 3가지가 있다.

첫 번째로는 노동.

두 번째로는 축구.

그리고 세 번째로는 바로 '암기' 다.

이 암기는 시간이 지나면 자연스레 해결될 일이긴 하지만, 솔직히 후임급 신분에서 군대에 대한 상식과 기타 숙지 사항들을 얼마나 빠르게 암기를 하느냐에 따라 A급인지 아니면 폐급인지가 갈리게 된다.

"저 녀석은 누구냐."

범진이 막사 앞을 지나가는 뚱뚱보 이대팔을 가리키며 묻자, 승주가 거침없이 대답한다.

"수송분과 소속 이대팔 상병입니다."

"···그렇다면 저 녀석은!"

이번에는 멀찌감치서 팔굽혀펴기 운동을 하고 있는 둘포 병사 포반장, 남우성을 가리킨다.

하지만 결과는 마찬가지.

"둘포 소속 포반장이신 남우성 병장입니다."

"이런 미친 또라이 새끼를 봤나?!"

믿기지 않겠지만, 강승주는 자대 전입해 온 지 단 하루 만에 모든 포대에 있는 모든 병사의 계급과 이름, 그리고 얼굴을 다 외워 버렸다.

범진이 혹시나 몰라서 몇몇 인원을 더 골라봤지만, 그건 이미 무의미한 테스트가 되어버렸다.

"씨발, 이 새끼! 진짜 미쳤나 보네! 어떻게 자대 온 지 하루 만에 제1포대 인원들을 다 외우냐?!"

"죄, 죄송합니다!"

"아니, 죄송할 일은 아닌데······."

아직도 믿기지 못하겠다는 듯이 강승주를 바라보는 범진이었으나, 도훈은 진작부터 강승주의 특출난 능력을 미리 알고라도 있었다는 듯이 어깨에 손을 올려놓는다.

"보셨습니까? 김범진 병장님."

"뭘."

"저의 통찰력 말입니다."

"······."

누가 군대 마스터 아니랄까 봐.

도훈은 3명 중에서 꽝을 뽑은 게 아니었다. 3명 중에서 당첨을 뽑은 것이다.

제아무리 운동을 아무리 잘해도, 머리가 아무리 좋아도, 경이적인 기억력을 가질 수 있는 것은 아니다.

실제로 학력도 좋고 머리도 좋은 안경 신병도 강승주처럼 하루 만에 자대에 있는 모든 사람의 이름과 얼굴, 계급을 외우진 못했다.

"야! 안재수! 이쪽으로 와봐라! 이도훈 이 새끼가 또 사고 쳤다!"

"···또 뭔데."

저 멀리 포상에서 터벅터벅 걸어오던 재수의 뒤로 한수와 철수도 무슨 일이 벌어졌나 궁금한지 고개를 내민다.

도훈이 또 무슨 일을 저질렀다니.

물론 제1포대에 사건사고가 일어나는 게 하루 이틀 일이 아니라서 이제는 무덤덤할 지경에 이르게 되었지만, 그래도 여기는 군대다. 매번 똑같은 환경에 똑같은 삽질을 반복하는 지겹기 짝이 없는 장소 아닌가.

그런 장소에서 재미 요소가 하나라도 발생한다면 자연스레 모두의 관심이 쏠리게 되는 것은 당연지사.

하나포 인원들을 전부 불러 모은 범진이 자신이 목격한 믿지 못할 사실들을 털어놓기 시작한다.

강승주의 놀라운 기억력.

그건 도훈이 가지지 못한 능력이기도 하다.

그렇다고 도훈이 군대에 관련된 지식을 모른다는 건 아니다. 짬밥이 근 3년을 넘어가다 보니 이제는 웃으면서 군대 생활을 즐길 수 있을 정도의 달인이 되었지만, 그렇다고 승주처럼 기억력이 좋아서 외운 것이 아니다.

많은 시간을 투자해 공을 들여 얻은 지식을 강승주는 단 하루 만에 외울 수 있다는 점이 비실이의 강점인 것이다.

'나도 처음 봤을 때는 엄청 놀랐지.'

이전 차원에서 강승주의 이미지가 나빴던 것은 사실이다.

하지만 다음 날, 그의 경이로운 기억능력을 접하게 되면서부터 승주를 대하는 태도가 180도 달라졌다.

살짝 스쳐 지나간 암구호도 금방 외우고, 식당 메뉴도 하루치가 아닌 한 달 치를 다 외울 정도며, 말년병장의 전역까지 앞으로 남은 일수까지 기억할 정도다.

강승주의 능력을 얼핏 맛본 하나포 인원들의 표정이 급격하게 변해간다.

"이, 이도훈! 너……."

철수가 진심으로 소름 끼친다는 듯이 자신의 팔을 막 문지른다.

닭살이 올라왔기 때문이다.

이 얼마나 소름 끼치는 일인가. 누가 봐도 꽝이라 생각했던 녀석이었는데, 완전 A급 아닌가!

"씨발, 너 예전에 관상법 같은 거 배웠냐! 어떻게 이런 선택을 할 수가 있어!"

"짜식, 그러니까 나만 믿으라고 했잖아."

도훈을 믿고 가면 편안한 군 생활을 보장받는다.

이건 이미 부정할 수 없는 사실 아닌가.

잠시 그 사실과 믿음을 의심하고 있던 철수가 난데없이 또 기도를 하기 시작한다.

"용서하게, 전우여. 한때 자네를 의심했던 내 자신을 부디 용서해 주게."

"꺼져라, 병신아."

과감하게 철수의 용서를 발로 걷어 차버린 도훈이 강승주에게 말한다.

"체력은 운동으로 극복할 수 있다. 센스 있게 행동하는 건 네 기억력으로 해결해. 알겠나."

"예! 알겠습니다!"

도훈이 승주의 어깨에 손을 올리며 이렇게 말한다.

"내가 널 최고의 A급 신병으로 만들어주마."

강승주에 관련된 경이로운 기억력은 이미 자대 내에 소문이 파다하게 퍼진 지 오래다.

특히나 삼포와 행정분과는 믿을 수가 없다는 듯이 강승주에 대한 진실을 밝혀줄 것을 하나포에게 요구했지만, 재수는 코웃음을 치며 이렇게 말했다.

"사람 보는 눈도 없는 녀석들아, 꺼져라."

그 덕분에 삼포와 행정분과는 더더욱 배 아픈 소리를 할 수밖에 없었다.

군대 내에서 기억력이 좋다는 건 커다란 이점이 된다.

그리고 체력이 부족한 점이나 힘이 약해 보이는 건 도훈이 말했듯이 주기적인 운동으로 극복하면 된다.

하지만 그렇다고 강승주가 비틀거릴 정도로 힘이 약한 것도 아니다.

보기와는 다르게 의외로 근력도 있고, 제법 체력도 있는 녀석이다.

거기에 특출 나게 좋은 기억력까지 더해지면, 어쩌면 이도훈을 뛰어넘을 군대 마스터가 태어날지도 모른다는 생각마저

드는 인재였다.

"그럼 그거 해보자, 그거."

"그게 뭔데."

철수가 이상한 말을 하자, 도훈이 불안한 기분을 억누르며 묻는다.

그러자 갑자기 생활관 내부에 걸려 있는 작은 액자를 천으로 가려 버린 철수가 목소리를 높여 외친다.

"강승주!"

"이병 강승주!"

"방금 여기에 걸려 있던 액자의 내용물을 읊을 수 있겠나?"

이건…….

도훈과 철수가 훈련소에 있을 때, 난데없이 그때 당시 당직사관이 액자에 걸려 있는 내용물을 아는 훈련병은 거수를 하라고 했던 기억이 새록새록 난다.

그리고 분명 도훈의 기억에는…….

"복무신조입니다!"

"내용을 읊어봐라!"

"복무신조! 우리는 국가와 국민에 충성을 다하는 대한민국 육군이다! 하나, 우리는 자유민주주의를 수호하며 조국통일의 역군이 된다. 둘, 우리는 실전과 같은 훈련으로 지상전의 승리자가 된다. 셋, 우리는 법규를 준수하고 상관의 명령에 복종한다. 넷, 우리는 명예와 신의를 지키며 전우애로 굳게 단결한다. 이상입니다!"

역시 강승주!

도훈이 훈련소에서 군대 박사라는 별칭이 붙은 계기가 바로 이거였다.

아무도 관심을 가지지 않았을 복무신조를 고작 하루 만에 외웠다는 사실. 물론 도훈은 외운 게 아니다. 그때 당시만 하더라도 2년 동안 군대에서 짬밥을 먹어온 말년병장이었기에 자연스레 복무신조가 튀어나온 거지만, 강승주는 말 그대로 하루 만에 복무신조를 외웠을 것이다.

아니, 생각을 해보면 이미 훈련소에서 다 외우고 왔을 거 아닌가.

"가만. 이건 의미가 없는 짓이었네."

철수도 뒤늦게 자신의 어리석음을 깨달았는지 뻘쭘하게 제자리로 돌아온다.

한편, 내일 휴가를 나갈 준비를 하기 위해 바리바리 군장을 싸고 있는 한수가 그런 철수에게 말한다.

"후임 들어왔다고 너무 나대지 마라, 김철수."

"예! 알겠습니다!"

"도훈이, 너는 신병에게 이것저것 알려주고. 교육 제대로 시켜주는 거 잊지 말아라."

"예!'

한수가 상병을 단 시점부터 그는 얼마 안 있으면 분대장을
달게 된다.

휴가를 갔다 오고 난 뒤에 분대장 교육대를 갔다 오고, 그
뒤에 곧바로 분대장 교체식을 할 예정이기에 한수는 앞으로
바쁜 나날을 보내야 했다.

그래서 일찌감치 강승주에 대한 교육을 철저히 하려는 것
이다.

보기와는 다르게, 한수는 의외로 깐깐한 면이 있어서 이런
거에 신경을 많이 쓰는 타입이다.

한수의 성격을 잘 알고 있는 도훈이기에 걱정하지 말라는
듯이 말한다.

"제가 제대로 교육시키겠습니다."

"그래, 너만 믿는다."

"한수 상병님! 저는 안 믿으십니까?!'

철수가 자신을 빼놓으면 섭하다는 듯이 말하자, 한수가 철
수의 머리에 꿀밤을 쥐어박는다.

"넌 니 몸이나 제대로 간수해라."

다음 날 아침.

한수가 휴가를 나가고, 범진과 재수도 슬슬 자신들의 말년 휴가를 언제 써야 할지 포상에서 열렬히 토론을 하고 있는 중이다.

오늘은 후임 3명이 모여서 강승주에 대한 교육을 맨투맨으로 해주려 했으나.

"진지공사 하러 갈 놈들, 나와라."

오전 집합부터 행보관의 무작위 차출이 시작된 것이다.

요즘 들어 123대대는 한창 진지공사 시즌을 맞이하고 있기에 행보관의 열의가 더더욱 불타오르고 있었다.

이번 기회에 부대 정비를 단단히 하겠다는 강력한 의지가 보이는 와중에.

"하나포 일병 잡것들!"

"일병 이도훈!"

"일병 김철수!"

"니들은 무조건 참가다."

"…예! 알겠습니다!"

행보관의 마수를 피해갈 자, 그 누가 있으리오.

진지공사를 위해 투입된 철수와 도훈.

그리고 이번에 자대로 전입해 온 신병들도 간접적으로 군대 체험을 시켜야 한다는 행보관의 말에 어쩔 수 없이 신병들도 이번 진지공사에 견학 겸 자잘한 잡일을 도와주는 식으로 참가하게 된다.

그래도 대기 기간인데, 신병들은 놔두고 가는 편이 좋지 않겠냐는 삼포반장의 말이었지만.

"이 잡것아, 지금 고양이 손이라도 빌려야 할 판국인데 멀쩡한 인력을 생활관에 낭비하자는 말이냐? 잔말 말고 데리고 와!"

행보관의 엄포가 있었기에 차마 삼포반장은 뭐라 말도 못하고 신병들을 데리고 진지공사에 참가할 수밖에 없었던 것이다.

모두가 행보관의 말에 의아함을 품긴 했지만, 도훈은 행보관이 사실 일부러 신병들을 데리고 가서 잡일이라도 시켜야 한다는 주장을 강하게 내세우는 이유를 어느 정도 짐작할 수 있었다.

하필이면 온 부대가 바쁜 이 시즌, 즉 다시 말해서 이제 막 전입해 온 신병이란 이유 하나만으로 편하게 생활관에서 마냥 대기를 하게 된다면, 선임들의 눈치를 받아야 한다는 불이익이 있기 때문이다.

그 점에 대해서는 이미 도훈과 철수도 자대에 전입해 왔을 때부터 겪었기 때문에 충분히 공감하는 사실이기도 하다.

그래서 행보관은 오히려 신병들을 위해서 이렇게 진지공

사 행에 동참을 시킨 것이다.

'역시 군대 짬밥은 허송세월로 먹는 게 아니로군.'

도훈도 행보관의 지시에 진심으로 감탄을 늘어놓는다.

한편, 이들이 진지공사를 해야 하는 장소는 바로 부대 뒤편에 있는 산 중턱.

그곳에 대략 3개의 참호를 만들어야 하는 이들이기에 산 중턱이라는 장소임에도 불구하고 대량의 인력이 투입되었다.

"스톱."

행보관의 지시에 모두가 이마에 송골송골 맺힌 땀방울을 손등으로 훔친다.

"이 자리에 호 하나 만든다. 알겠냐."

"예!"

"얼마 뒤에 있을 대대전술훈련 대비용이니까 제대로 만들어라. 니들이 와서 2박 3일 동안 사용할 장소가 될지도 모르니까 더더욱 신경 쓰고."

"알겠습니다!"

"이도훈, 김철수."

"예!"

"그리고 뚱땡이."

"상병 이대팔!"

졸지에 뚱땡이라고 호칭된 이대팔이 약간 불만 어린 표정으로 관등성명을 댄다.

"니들 셋이서 여기 호 파라. 비상사태 걸리면 여기가 하나포 진지점령 장소로 사용해야 하니까."

"알겠습니다!"

"이대팔 지시에 따라서 호 작업하고… 어이, 거기 신병."

이번에는 행보관이 승주를 부르자, 잔뜩 긴장하고 있던 강승주가 역시 보기와는 어울리지 않는 큰 목소리로 대답한다.

"이병 강! 승! 주!"

"아따, 귀청 떨어지겠네. 잡것아, 조용히 안 하나?"

"죄, 죄송합니다!"

"너도 여기 잡것 3명이랑 같이 호 파라. 그리고 이대팔."

"상병 이대팔."

"니가 최고선임이니까 작업 지시 잘하면서 하고. 적당히 쉬면서 해라. 다만, 작업을 게을리하면 내가 용서치 않겠다."

"행보관님, 이래 봬도 저, 상병 껍입니다. 너무 그렇게 걱정하지 않으셔도 됩니다."

"니 배를 봐라. 걱정이 안 되겠나."

남우성이 제1포대에서 가장 우람한 근육량을 자랑한다면, 이대팔은 가장 완벽한 B체형을 가지고 있다.

행보관에게도 배불뚝이라 놀림 받는 이대팔이었기에 매번

'운동한다!' 라는 결심을 해보지만, 매번 작심삼일일 뿐이었다.

행보관이 다른 일행들을 이끌고 갈 무렵, 이대팔이 행보관이 사라졌음을 멀리서 지켜보다가 이내 자리에 털썩 앉는다.

"자~ 휴식."

"벌써 휴식부터 하시는 겁니까?!"

철수가 놀라 외치지만, 이대팔이 씨익 웃으면서 말한다.

"얌마, 난 자유방임주의라고. 휴식도 마음대로, 그리고 노동도 마음대로. 오케이?"

"…이대팔 상병님이 왜 운동을 한다고 결심할 때마다 작심삼일로 끝나는지 알 거 같습니다."

"뭐 임마?"

이대팔이 근처에 있던 돌을 주워서 철수에게 날리지만, 가볍게 회피동작으로 돌을 피해 버리는 철수였다.

"어쭈, 이것 봐라?"

"후후후. 이대팔 상병님. 저도 옛날의 그 어리바리하기만 하던 김철수가 아닙니다."

"아니긴 개뿔! 나의 마구를 받아보아라!"

"헛, 그렇다면 저의 필살 덱스 만렙 회피 능력을 보시기 바랍니다!"

서로 얼씨구절씨구 하면서 잘들 논다는 표정으로 바라보

던 도훈이 뻘쭘하게 서 있는 승주에게 말한다.

"너도 앉아서 미리 쉬어둬라."

"예, 예! 알겠습니다!'

아직 잔뜩 긴장한 탓인지 제대로 각 잡힌 모습으로 앉은 채 휴식을 한다.

그 모습을 보던 도훈이 피식 웃으면서 말한다.

"야, 그런 자세로 무슨 휴식을 한다고 하냐."

"그, 그렇지만……."

"됐다. 여기는 훈련소도 아니고, 자대다. 자대. 그렇게까지 각 잡으라고 토 다는 선임들도 없으니까 편히 쉬어."

"…알겠습니다."

강승주의 모습을 보니 도훈도 오랜만에 자신의 이등병 시절을 떠올린다.

아무것도 모르고 군대 생활에 잔뜩 얼어 있던 자신.

물론 지금의 차원에서는 그런 일을 겪진 않았다. 차원을 넘은 이후부터는 이미 군대를 한 사이클 돌았던 도훈이기에 너무나도 편하게 군 생활의 위기를 성큼성큼 넘어왔기 때문이다.

지금도 그 일환의 하나라고 할 수도 있는 것이, 바로 강승주를 자신의 후임으로 맞이한 것이다.

아무도 눈치채지 못하던 강승주의 뛰어난 능력을 이전 차원에서 겪었던 기억을 토대로 미리 선점을 했다.

게다가 이건 강승주가 이전 차원에서 도훈의 후임이었다는 사실 덕분에 피드백이 발생할 우려도 없다.

하지만 만에 하나, 도훈이 예상치 못하게 강승주가 다른 포반으로 넘어갈 우려가 생길까 봐 미리 선점을 했을 뿐이다.

남우성의 역할도 컸고 말이다.

'일이 너무 착착 진행되는군…….'

피드백을 고려하지 않을 수가 없는 이도훈이었다.

'나중에 다이나에게 상담해 보는 편이 좋겠군.'

모르면 물어보라.

우리나라의 대표적인 해결법 아니겠는가.

"나와라, 삽이여!"

"강림하라, 곡괭이여!"

"오오오오오!!!"

철수의 삽질과 도훈의 곡괭이질은 언제 봐도 아름다운 하모니를 자랑한다.

제1포대가 자랑하는 힘과 기교의 조합, 이름하야 밀리터리 제1악장, 삽과 곡괭이의 앙상블이라 이름을 붙이고 싶다.

퍽퍽퍽!

사삭, 사삭!

곡괭이가 땅을 쪼개고, 삽이 대지를 퍼낸다!

훌륭한 두 사람의 콤비네이션에 늘상 보아온 이대팔도 전율을 느낄 수밖에 없었다.

"이 새끼들, 삽질하고 곡괭이질 하나는 진짜 기가 막히게 잘하네."

반면, 이제 막 입대한 초보 병사, 강승주도 이들의 앙상블을 보고 소름이 돋을 정도였다.

세상에 이렇게 삽질과 곡괭이질을 잘하는 사람이 과연 존재할까?

아마도 찾아보기 힘들 것이다.

여하튼 철수와 도훈의 피땀 어린 활약으로 순식간에 호 구덩이 하나가 뚝딱 완성된다.

"자, 다음은 신병. 너하고 나는 모래주머니 안에 모래 채우고 쌓으면 된다."

"예! 알겠습니다!"

이대팔이 대놓고 귀찮은 표정을 짓고 있긴 했지만, 행보관이 무서워서라도 작업은 어쨌든 마무리는 지어야 한다.

나중에 무슨 잔소리를 듣기 싫으면 제대로 해야 하는 게 바로 군대 생활 아니겠는가.

철수가 삽질로 푼 흙을 담아 모래주머니를 하나하나씩 차곡차곡 쌓아 드디어 호를 완성하기에 이른다.

이게 대략 3시간 만에 완성된 호다.

그런 말을 하면 '거짓말 치지 마라' 라는 말이 들려올 정도로 완벽한 호가 하나 탄생한 것이다.

"그럼 호도 다 만들었으니까, 나머지는 적당히 시간될 때까지 쉴까?"

"예!"

미리 추진을 해온 음료수 뚜껑을 열고 벌컥벌컥 잃었던 수분을 보충한다.

시원한 여름 바람이 나무들 사이로 이들의 땀을 말려주기 위해 불어온다.

이미 전투복 상의와 러닝은 땀으로 흠뻑 젖었지만, 노동 뒤에 마시는 음료수 한 잔은 그야말로 꿀맛.

이게 바로 진지공사의 묘미 아니겠는가.

하지만 그렇다고 진지공사를 좋아하게 되는 마음 따윈 절대로 없을 것이다.

차라리 이 꿀맛 같은 음료수 한 잔을 맛보지 않게 되더라도, 진지공사는 하기 싫다. 그게 지금 이 병사들의 속마음인 것이다.

"하아. 노동 끝내니까 배가 다 아프네."

철수가 자신의 배를 움켜쥐더니 슬쩍 이대팔에게 말한다.

"저… 이대팔 상병님."

"알았어, 임마. 휴지는 있냐?"

"예, 아침부터 배가 꾸룩거려서 혹시나 몰라 챙겨왔습니다."

"준비성 하나는 좋구만. 저쪽 가서 싸고 오든가 해라."

"예!"

오늘 아침에 먹은 우유가 원인인 것일까.

배가 아파 구석으로 자리를 옮긴 철수가 큰일을 치루는 동안, 이들은 휴식을 즐기기로 한다.

하지만 그게 바로 재앙의 시작이었으니.

"이이이이이이대팔 상병니이임!!!"

"우왓?! 씨발 새끼야!! 바지는 제대로 입고 와야 할 거 아니냐!!"

갑자기 난데없이 덜렁(?)거리는 물건을 내세우며 헐레벌떡 호 쪽으로 뛰어오는 김철수.

순간 이대팔도, 이도훈도, 그리고 강승주도 철수가 정신이 나간 게 아닐까 하는 생각까지 해보지만…….

"…이런 씨발!!"

이대팔의 말 한마디가 모두의 심정을 대변하기 시작한다.

바지도 제대로 추슬러 입지 않은 철수는 바지를 '못' 입은 것이다.

왜 못 입었느냐.

—끄르르…….

유격 행군 때 한 번 마주쳤던 미지의 생물… 아니, 군대 내에서는 이미 너무나도 친숙한 바로 그 들짐승.

멧돼지가 철수의 뒤를 따라 줄기차게 달려오고 있었기 때문이다.

"씨발, 저런 미친 새끼를 봤나!!"

"야! 김철수 이 새끼야! 뒤질 거면 혼자 뒈져! 왜 우리까지 죽이려고 하냐!!"

각각 대팔과 도훈이 욕지거리를 내뱉으며 빨리 절로 가라는 듯이 손짓하지만, 철수는 그런 것하고는 전혀 상관없다는 듯이 무조건 돌진한다.

"전우 좋다는 게 뭡니까아아!"

"씨발 놈아! 니가 전우냐?!"

어쩔 수 없다는 듯이 냅다 달리기 시작한 대팔과 도훈, 그리고 엉겁결에 이들의 뒤를 따라 뛰어가기 시작하는 승주였다.

한편, 멧돼지가 크릉거리며 철수의 뒤를 바짝 쫓기 시작한다.

숲길을 재주 좋게 뛰어다니며 한창을 그렇게 도망치기 시작하는 일행들.

도훈은 이것도 피드백의 일종이 아닐까 의심해 본다.

하지만 군대 내에서 멧돼지란 존재는 친숙한 들짐승 아닌가.

게다가 이 깊은 산속이라면 멧돼지의 등장이 전혀 어색하지 않다.

유격 행군 때 멧돼지와 마주쳤던 경우는 사람이 자주 오가는 그런 길이었음에도 불구하고 멧돼지가 등장해 의아함을 자아낸 셈이지만, 지금은 이들이 멧돼지와 같은 들짐승들의 삶의 터전인 숲 속으로 침범해 온 것이다.

멧돼지 한두 마리한테 쫓겨도 전혀 이상하지 않… 긴 하지만, 그래도 가급적이면 안 쫓기는 게 훨씬 좋은 편이다.

군 생활을 하면서 멧돼지한테 두 번이나 쫓긴 병사가 과연 존재할까.

그건 매우 힘든 일이다.

"으라챠챠챠!"

순식간에 장애물을 뛰어넘은 이대팔. 육중한 몸에도 불구하고 오늘따라 매우 날렵한 몸놀림을 선보인다.

역시 목숨이 걸린 일이라면 사람은 때로는 믿기지 못할 힘을 발휘하곤 한다.

그 사실을 유감없이 깨달은 도훈과 승주, 그리고 뒤쫓김을 당하는 철수였다.

'씨발, 이렇게 느긋하게 감상할 때가 아니지!'

도훈이 잠시 뜀박질을 멈춰 주변을 둘러본다.

그러더니 일찌감치 앞서 나가던 이대팔을 붙잡는데.

"이대팔 상병님! 나무, 나무 위로 올라가는 건 어떻습니까!"

"나, 나무라고?! 내가 무슨 재주로 나무를 타냐!"

"저 정도라면 이대팔 상병님도 충분히 올라가실 수 있을 겁니다."

두꺼운 나무기둥 사이로 발을 디딜 수 있는 잔가지가 꽤나 많이 돋아 있는 나무기둥을 발견한 도훈이 손가락으로 해당 나무를 가리킨다.

순간적으로 고개를 끄덕인 이대팔이 목소리를 높여 외친다.

"전원, 나무 위로 올라간다!"

"예!"

강승주가 기운차게 대답을 하며 뒤를 따른다.

"승주야, 니가 먼저 올라가서 이대팔 상병님 올라가는 것 좀 도와줘라!"

"아, 알겠습니다!"

잽싸게 나무 위로 올라간 승주가 뒤이어 뒤뚱뒤뚱 올라가기 시작하는 이대팔의 팔을 잡고 끈다.

"이대팔 상병님! 조금만 힘내시면 됩니다!"

"끄응… 이럴 줄 알았으면 운동 좀 할걸……."

뒤늦은 후회를 하는 이대팔이었지만, 지금은 느긋하게 후회를 할 때가 아니다.

"젠장……."

이대팔이 올라가기에는 늦을 상황이 될지도 모른다.

"어쩔 수 없지, 도박이다!"

고개를 끄덕이며 결심을 한 이도훈이 철수에게 외친다.

"야, 이 변태 새끼야! 바지 홀랑 간 채로 그만 돌아다니고 이대팔 상병님하고 나무 위에 빨리 올라가라!"

"너, 너는 어떻게 하려고?!"

"내가 시간을 끌 테니까 잔말 말고 올라가라고!"

"방법이라도 있는 거냐?!"

"있긴 있어."

시원스러운 웃음을 보이며 당당하게 멧돼지와 마주선 이도훈.

도망가던 이도훈이 갑자기 자신의 앞에 멀쩡히 서며 대치 상황을 이루자, 멧돼지가 직감적으로 알 수 없는 위험을 느꼈는지 발걸음을 늦춘다.

그르릉거리며 도훈을 노려보는 멧돼지의 시선이 매우 따갑다.

하지만 도훈은 믿는 구석이 있기에 씨익 웃으면서 한 손을 멧돼지를 향해 뻗는다.

"야, 이 돼지 새끼야. 감히 인간님을 얕잡아봤단 말이지?

천벌을 내려주마!"

라고 말하며 하늘을 향해 외친다.

"다이나! 소! 환!"

위기 상황에서도 잘도 소환 포즈에 임하는 도훈을 어이가 없다는 듯이 바라보며 모습을 드러낸 다이나가 자신의 금발을 쓸어내리며 말한다.

─왜 불렀어.

"이유야 뻔하잖아. 너도 지금 내 상황이 어떤지 아주 잘 알고 있겠지?"

─…본의 아니게.

이도훈 서포터즈는 언제나 이도훈을 모니터하고 있다. 그렇기 때문에 이렇게 금세 호출이 가능한 것이다.

"다이나! 그걸 하자!"

─그러니까 그게 뭐냐고.

"포스다, 포스!"

물리적인 능력을 행사할 수 있는 특급 기술, 포스!

차원 관리자, 특히나 압도적인 전투력을 보유하고 있는 다이나에게 멧돼지 따위가 대수일까.

도훈은 다이나라는 든든한 빽을 믿고 그녀를 소환한 것이다.

"자, 다이나! 후딱 칼질 한 방으로 저 돼지 새끼를 삼겹살로 바꿔 버려! 오늘 저녁은 회식이다! 멧돼지 고기로 목에 기름

칠 좀 해보자! 하하하!'

　─…미안하지만 이도훈.

　나지막이 한숨을 내쉰 다이나가 다시 한 번 제대로 떠올려 보라는 듯이 충고한다.

　─포스의 발동 조건이 뭔데.

　"그야 일정수준의 인과율을 뛰어넘는 피드백으로 인해 물리적인 위협을 받을 경우에는 포스를 사용할 수 있다는 조건이잖아."

　─잘 알고 있네. 그런고로 포스는 발동 불가능이야.

　"어째서?! 봐봐라! 피드백이라고! 인과율을 뛰어넘는 비상식적인 일이 발생했잖아!"

　─미안하지만 이건 인과율 범위 내의 일이야. 그리고 누차 말하지만, 이번 멧돼지는 순수한 자연현상이야. 한마디로 말해서 그저 에피소드(Episode)일 뿐이라고.

　"뭐야?!"

　─너도 속으로는 그렇게 생각했잖아. 깊은 산 속에서 멧돼지를 만나는 건 군대 내에서는 그리 드문 일이 아니라고.

　다이나의 말이 끝나자마자, 멧돼지가 갑자기 뭔가 승리의 예감이 들었는지 냅다 도훈을 향해 달려들기 시작한다.

　"이런 씨발!! 좆같은 군대!!"

　욕지거리를 내뱉으며 걸음아 나 살려라 도망치기 시작한

도훈의 시야에, 이제 막 철수가 바지를 추슬러 입고서 나무 위로 올라가는 모습이 보인다.

"야!! 덩치야! 내가 올라갈 자리 남겨둬라!"

"뭐, 뭐냐! 아까는 그렇게 자신만만하게 가더니만 결국은 도망 오는 거냐?!"

"입 닥쳐, 새끼야!"

생존본능 앞에서는 누구라도 약자가 된다.

타앗!

도움닫기로 높은 점프력을 통해 순식간에 나무기둥 중간까지 올라간 도훈이 척척 나무 위로 올라가기 시작한다.

높이는 대략 4~5미터 정도.

순식간에 그 높이를 올라간 도훈을 아래에서 바라보던 멧돼지가 난데없이 자신의 머리로 나무기둥을 몇 번 쿵쿵 들이받기 시작한다.

"이런 씨발!"

이대팔이 욕을 내뱉으며 말한다.

"이러다가 쓰러지는 거 아니냐?!"

"그거야……."

침음성을 내뱉은 도훈이 답변을 내놓는다.

"운에 맡기는 수밖에 없습니다."

그렇게 나무기둥을 몇 번이 쿵쿵거리기 시작하는 멧돼지.

이대로는 안 되겠다 싶었는지, 도훈이 온 신경을 집중시키며 다이나를 찾아낸다.

마침 멧돼지 머리 위에서 붕붕 떠다니며 이 상황을 철저하게 제3자의 시선으로 바라보고 있는 다이나의 모습이 도훈의 시야에 포착된다.

'야, 다이나!'

전음은 아니지만, 일단 마음의 소리라도 외쳐보는 도훈의 시도에 다이나가 반응한다.

—또 왜.

'좀 도와주면 어디가 덧나냐!'

—뭘 어떻게 도와줘야 하는데.

'멧돼지를 도륙 내버려!'

—인과율에 어긋나. 안 돼.

'이 매정한 년아!'

앨리스라면 필히 도와줬을 것이다. 하지만 다이나가 누구인가. 이도훈 서포터즈의 팀장이기도 하며 철저한 FM 차원관리자다. 포스라는 권한을 사용하려면 피드백이라는 형태의 현상이 발생하지 않으면 절대로 도와주지 않을 것이다.

어떻게 해야 좋을지 머리를 굴리던 이도훈이 순간 번뜩이는 무언가가 떠오른다.

"맞다!"

주머니를 뒤적거리기 시작하던 도훈이 건빵주머니에서 꺼낸 것은 다름이 아닌 새콤달콤과 초콜릿.

"오늘 진지공사라고 해서 추진해 뒀던 간식거리!"

도훈의 말에 모두가 빤히 간식거리를 바라보다가 각자 자신들의 건빵주머니를 뒤져본다.

도훈이 가지고 있는 것 말고도 훨씬 많은 양이 나온다.

"그래, 바로 이거다!"

이대팔도 도훈의 의도를 눈치챘는지 간식거리들을 죄다 반대편 바닥에 멀찌감치 던져 버린다.

그러자 멧돼지의 시선이 땅에 떨어진 초콜릿으로 향한다.

몇 번 킁킁 냄새를 맡더니…….

맛있게 흡입하기 시작한다!

"이걸로 최대한 멧돼지를 멀찌감치 보내 버리는 겁니다!"

도훈의 작전에 모두가 고개를 끄덕인다.

투척, 그리고 투척!

간식거리들을 최대한 멀리 던지는 이들의 노력에 하늘도 감동한 것일까.

멧돼지가 점차적으로 나무기둥에서 멀어지며 모습을 감춘다.

"가, 갔나?"

멀찌감치 시선을 돌려보는 이대팔이었지만, 인간의 시야

로는 확실할 수가 없다.

게다가 자칫 잘못하다가 내려갔는데 멧돼지가 달려오면 난감한 노릇이다.

어쩔 수 없다는 듯이 나무에서 착지한 인물은 다름 아닌 이도훈.

"제가 보고 오겠습니다."

"꽤, 괜찮겠냐?"

"예, 김철수, 너는 혹시 모를 일에 대비해서 여기 남아 있어라. 오케이?"

"오케이."

나무기둥에서 조금 멀어졌을 무렵, 도훈이 이번에도 손을 하늘 위로 뻗으며 외친다.

"다이나! 소……."

—여기 있어, 멍청아.

아까부터 대기하고 있었다는 듯이 모습을 드러낸 다이나가 퉁명스럽게 말한다.

—또 뭘 하려고.

"천리안이다."

—…즉, 멧돼지가 다른 곳으로 갔는지 확실하게 보고 오라는 뜻이야?

"그 정도는 해줄 수 있잖냐."

—마음에 들진 않지만, 어쩔 수 없지.

서비스 정신이 투철하지 못한 다이나의 행동에 도훈은 속으로 욕지거리를 내뱉었지만, 이내 자신의 독백을 다이나가 알아차릴 수 있다는 사실에 재빠르게 다른 생각을 품게 된다.

오늘따라 앨리스가 매우 그리운 시간이었다.

얼마 안 있어, 다시 돌아온 다이나가 딱 잘라 말한다.

—안심해도 돼.

"좋았어!"

자신들의 작전이 통했다!

"하찮은 하등생물 주제에 감히 인간을 능멸하려 하다니! 100년은 이르도다!"

—아까의 그런 꼴사나운 행동을 한 남자의 발언이라고는 생각되지 않네.

화장실 가기 전과 갔다 오고 난 후가 다르다는 말이 괜히 나오는 게 아니다.

멧돼지로부터 안전하다는 사실을 확인받은 도훈이 나무기둥으로 다가오자, 이대팔이 정황을 묻는다.

"어떠냐?"

"이상 무입니다."

"휴! 다행이다."

아직까지도 바들바들 떨리는 다리를 애써 진정하며 이제야 땅으로 내려온 이대팔과 잔당들.

내려오자마자 이대팔이 철수를 향해 묻는다.

"야, 근데 너, 제대로 뒤처리는 하고 온 거냐."

"그야 당연하지 말입니다. 급한 상황이라 하더라도 깔끔함을 유지하는 게 바로 저, 김철수 아닙니까."

"깔끔하다는 새끼가 바짓가랑이 까고서 뛰어 오냐."

이대팔이 김철수를 확 걷어차 버릴까 고민했지만, 그래도 같이 위기를 넘어 온 전우애가 폭력이라는 이름의 본능을 잠시나마 억누른다.

"군 생활 하면서 멧돼지한테 쫓기질 않나. 요즘 들어 내 군 생활, 왜 이리도 스펙타클해졌나 모르겠다."

이대팔이 한숨을 내쉬며 말하자, 철수가 킥킥 웃으며 대답한다.

"이도훈 이 녀석이랑 있으면 목숨이 10개라도 모자랍니다."

"이번 기회에 다른 포반 운전병으로 보직을 옮겨달라고 할까."

진심으로 고민해 보는 이대팔이었지만, 그 청원이 통할 리가 없다는 사실은 자신이 누구보다도 잘 알 것이다.

"아무튼 다시 돌아가자. 이제 슬슬 날도 저무니까… 너무

늦으면 행보관님한테도 한 소리 들을지도 모른다.”

이대팔의 말에 철수가 꿀꺽 침을 삼킨다.

“저기… 이대팔 상병님.”

“왜.”

“저기 말입니다.”

말을 더듬던 철수가 머쓱하게 머리를 긁적이며 말한다.

“여기가… 어디입니까?”

군인이 군 부대를 벗어나면 ‘탈영’이라는 무서운 죄목이
추가된다.

물론 작정하고 탈영을 하는 군인도 있긴 하지만, 이들은 불
가항력에 의해 반강제적으로 부대를 이탈한 셈이니 딱히 탈
영에 대해서는 행보관과 포대장에게 쓴소리만 들으면 될 일
이지만…….

“그전에 작업하던 곳으로 돌아가야 하잖냐! 씨발!”

손목시계를 바라보며 외치는 이대팔의 말에 철수와 도훈,
그리고 승주가 고개를 끄덕인다.

현재 시각 오수 4시.

행보관이 작업 장소로 올 시간은 4시 반이다.

다 같이 모여서 부대로 복귀해야 할 시간에 이들이 없어봐
라. 분명 부대가 발칵 뒤집어질 게 틀림이 없다.

그 사실을 이들 역시도 잘 알고 있다.

탈영 의사가 없다 하더라도, 일단 소재 파악이 안 되면 탈영 처리가 될 수도 있다.

그렇다면 이들의 군 생활은… 상상하고 싶지 않을 정도로 꼬이게 될 것이다.

"씨발! 길이 어디냐! 어디로 와야 다시 돌아가는 거지?!"

이대팔의 말에 철수도 당황하며 대답한다.

"저, 저도 여기는 처음 옵니다! 이대팔 상병님은 오신 적 없으십니까?"

"내가 뭐하러 여기까지 오냐! 탈영이라도 하게?!"

"그, 그럼 어떻게 합니까! 곧 행보관님이 오실 텐데……."

"나도 몰라, 임마!"

당황스러운 마음뿐인 이들이 어찌해야 좋을지 혼란스러워한다.

하지만 이럴 때 도훈은 승리의 미소를 지으며 담담하게 말한다.

"저한테 맡겨주시기 바랍니다."

"방법이라도 있는 거냐, 이도훈?"

"예, 제가 누구입니까. 군대 마스터라 불리는 이도훈 아닙니까."

"오오오! 역시 이도훈!"

도훈이 자신만만한 소리를 내뱉으며 다시 한 번 하늘 위로 오른손을 번쩍 치켜든다.

"다이나! 소! 환!"

"…다이나가 누구냐?"

"모르셔도 됩니다."

특유의 소환 포즈로 다이나를 호출하는 이도훈.

하지만…….

—띠링!

'음? 무슨 소리지?'

머릿속에 들려오는 알림음과 동시에, 여성의 목소리를 지니고 있는 기계음이 뇌리에 재생된다.

—다이나 님은 퇴근하셨습니다. 소환에 응할 수 없습니다.

"이런 쌍! 퇴근은 개뿔! 24시간 모니터하는 게 아니었냐?!"

어쩔 수 없다는 듯이 한숨을 내쉰 도훈이 2차 대안을 선택한다.

"아직 한 명 더 남았다."

라고 말하며 이번에도 동일하게 소환 포즈를 선보인다.

"트위들디! 소! 환!"

하지만 이번에도 똑같이 알림음이 울리면서 기계음이 재생될 뿐이다.

—인터넷 중이라고 바빠서 소환에 불응하겠다고 합니다.

"이년들이! 야! 트위들디! 너, 근무태만이잖아! 소환하면 소환 신호에 응하라고! 천리안이다, 천리안!"

─시끄럽다고 소환 응답 알림음을 꺼버렸습니다.

"너, 기계음 아니지?! 트위들디 니가 기계음인 것처럼 흉내 내는 거 아니냐!"

─뚜. 뚜. 뚜. 수신에 응할 수 없습니다.

"……."

이로써 차원관리자를 통한 천리안 스킬은 사용 불가능해졌다.

아니, 그 이전에 차원관리자들에게 농락당한 기분을 지울 수가 없던 이도훈은 이를 바득바득 갈 수밖에 없었다.

'앨리스 녀석은 볼일 있다고 했고…….'

정작 필요할 때 자리를 비우는 여자, 앨리스에게 살짝 원망 아닌 원망을 한다.

'체서한테 일러바칠 필요가 있겠군!'

하지만 그런 생각은 이내 고이 접어 나빌레라 신세가 되고 만다.

생각을 해보면 가장 근무태만을 일삼는 자가 바로 체서 아니겠는가.

매번 출근해서 게임기만 만지작거리는 그녀에게 과연 이런 말을 해봤자 씨알도 먹히지 않을 거란 예상을 이도훈 정도의 두뇌 플레이어라면 쉽사리 예상할 수 있을 것이다.

어쩔 수 없이 모든 것을 포기해 버린 도훈이 어색하게 웃으며 말한다.

"이제 어떻게 돌아가야 합니까."

"너만을 믿었건만!"

좌절 모드로 돌입한 이들.

군대 내에서 이도훈이 무언가를 하겠다는 결심을 선보였을 때에는 거의 100퍼센트 이도훈의 말에 따라 이뤄졌기 때문에 그의 말이 곧 절대적인 법칙이요, 우월한 신뢰감을 선보이기도 했다.

하지만 이도훈의 선언에 의해 이들은 끝없는 좌절감을 맛볼 수밖에 없었다.

"이제 어찌해야 한단 말인고……!"

통탄 섞인 이대팔의 말에 철수가 두 주먹을 불끈 쥐고서 나무기둥을 내리친다.

"일병밖에 안 됐는데 벌써부터 탈영이란 말인가!"

"얌마, 그렇게 따지면 우리들보다 승주는 뭐가 되냐. 이 녀석은 자대로 전입오자마자 탈영을……."

철수의 말에 반박을 가하던 도훈이 순간 말문이 막히고 만다.

강승주!

그렇다, 이들에게는 강승주가 있었다!

'경의로운 기억력'을 가지고 있는 바로 그 강승주가!

"야, 승주야!"

"이병 강! 승! 주!"

"너, 우리들이 지나온 길을 다 기억할 수 있겠냐?"

도훈이 혹시나 하는 생각으로 묻자, 승주가 고개를 끄덕이며 어렵지 않다는 듯이 대답한다.

"예… 물론입니다."

"그럼 진작 말을 했어야지, 짜식아!!"

이대팔과 철수가 벼락처럼 성을 내기 시작한다.

생각해 보니 절대적인 기억력을 지니고 있는 강승주가 있지 않은가. 괜히 이들이 탈영해서 부대로 복귀하지 못할 거라는 걱정을 할 필요가 없었던 것이다.

승주의 뒤를 졸졸 따라 도착하니, 방금 전까지 이들이 호를 다 파놨던 바로 그 작업 장소에 도착할 수 있었다.

대략 10분 정도 걸어온 거 같은데, 승주는 아주 세밀하게 자신들이 도망쳤던 그 길을 되짚어낸 것이다.

"볼 때마다 진짜 기억력 하나는 끝내주는구나……."

철수가 혀를 내두르며 말하자, 승주가 별거 아니라는 듯이 수줍게 웃는다.

"잘하는 게 이거 하나밖에 없습니다."

"그래도 기억력이 좋으면 공부도 잘하겠구만. 교과서를 통째로 외우면 되니까."

기억력이 좋은 것은 확실히 군 생활이 아니라 사회생활에 있어서도 커다란 메리트가 된다.

한 번 알려주면 그걸 그대로 다 외워 버리니까 말이다.

물론, 그 기억력과는 반대로 센스 있는 플레이라든지 그런 감은 후천적인 요소가 많이 작용하겠지만, 여하튼 굉장하다는 사실에는 변함이 없다.

여하튼 승주의 도움으로 인해 다시 작업장소로 돌아온 이들.

그 뒤로 5분 뒤, 행보관이 기다렸다는 듯이 다른 병력들을 이끌고 돌아온다.

"작업은 잘해 놨겠지."

"예! 행보관님!"

"어디 보자……."

작업이 완료된 호를 이리저리 구경하던 행보관이 고개를 끄덕이며 감상평을 들려준다.

"역시 작업 하나는 끝내주게 잘하는구만."

"감사합니다!"

실제로는 별로 한 거 없는 이대팔이 거수경례를 하며 행보관의 칭찬에 답한다.

하지만 이내 뭔가 궁금증이 생겼다는 듯이 행보관의 다음 질문이 이어진다.

"그런데 작업이 많이 힘들었냐? 얼굴이 다들 왜 이리 사색이 되어 있냐."

"아… 그게 말입니다……."

차마 멧돼지한테 쫓기느라 잠시 동안 탈영을 했었다는 이야기는 할 수 없었던지라 이대팔은 그저 대충 꾸며내 얼버무릴 뿐이었다.

멧돼지 사건이 있은 이후.

시간은 흘러 흘러 휴가를 나갔던 한수가 다시 복귀를 하는 날이 다가오게 되었다.

부대에 전화를 해서 간단하게 이번에 자신의 분과로 전입해 온 강승주의 전투모 사이즈를 물어본 한수는 휴가 복귀를 하기 전에, 군용 물품 전문 가게인 용사의 집에 잠시 들린다.

'승주 녀석, 매번 훈련소에서 사용하던 이병모만 씌우면 안 되니까.'

휴가를 나온 김에 복귀할 때 승주의 이병모를 사줘야겠다는 생각은 한수도 진작부터 하고 있었다.

예전부터 대한이 휴가를 나올 때마다 한수를 데리고 자주 갔던 군용 물품 가게, '용사의 집'을 방문한 한수.

"아저씨, 안녕하셨어요?"

"오! 한수 아니냐! 어서 와라. 복귀하는 길이냐?"

"예."

대한이 워낙 다른 낯선 사람들과 친해지는 것을 좋아하는 성격인지라 자주 대한과 같이 용사의 집에 오갔던 한수도 졸지에 이 가게 사장 아저씨와 친해지고 말았다.

"그래, 오늘은 뭐 사가지고 가려고 하냐."

"아… 그게 말입니다."

승주의 이병모를 사러 왔다는 말을 하자, 아저씨가 손으로 모자들이 진열되어 있는 장소를 가리키며 말한다.

"천천히 골라봐라. 오랜만에 이병모 고르는 거 아니냐?"

"예, 도훈이하고 철수라는 두 놈이 들어온 이후로 오랜만에 신병이 들어온 거니까요."

"허허! 조만간 분대장 달 녀석이 신병 들어왔으니까 기쁘겠구나."

한수가 분대장을 단다는 소리는, 재수와 범진의 전역도 얼마 남지 않았다는 소리와 같은 셈이다.

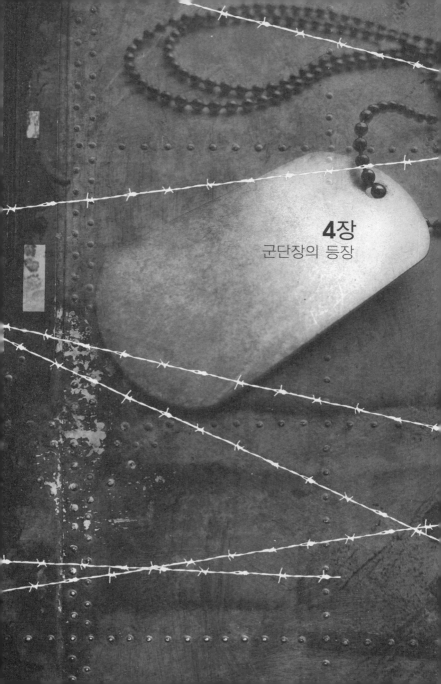

4장
군단장의 등장

　　상반신을 일으키며 짧은 머리를 거칠게 긁적이는 도훈을
향해 근처에서 책을 읽고 있던 승주가 물어온다.

　　"무슨 고민이라도 있으십니까? 이도훈 일병님."

　　"…아니. 그냥 잡생각 좀 하고 있었다."

　　아직 자대로 전입해 온 지 얼마 되지 않은 승주지만, 일찌
감치 부대의 분위기를 파악하고 적응한 모습을 보여준다.

　　하기야 워낙 뛰어난 기억력을 보여주다 보니, 외곽근무를
나갈 때에도 자석판을 옮겨놓는다든지 총기현황판을 빼놓지
않고 체크한다든지 하는 그런 놀라운 모습을 계속 보여주고

있었기에 비실이라는 별명과는 다르게 여러 가지 의미로 A급이라 불리고 있다.

다만, 승주가 한 가지 약한 점이 있다면 바로 '체력' 이다.

"야, 강승주."

"이병 강승주!"

"농구나 한판 때리러 갈래?"

"노, 농구 말씀이십니까?"

책을 읽던 도중이라 쉽사리 자리를 뜨고 싶지 않다는 얼굴을 해보이던 승주였지만, 옆에서 다가온 철수가 승주의 등짝을 빠악 때린다.

"얌마! 선임이 하자면 하는 거지, 뭔 불만이 그리 많냐. 혹시 싫다는 건 아니겠지?"

"아, 아닙니다! 바로 준비하겠습니다!"

"얌마, 나 이등병 시절 때는 선임이 뭐하자고 하면 곧장 튀어나갔어, 짜샤!"

철수의 말에 도훈이 이 녀석의 뒤통수를 한 대 제대로 후려칠까 말까 진심으로 고민을 해본다.

이등병 때 빈틈투성이, 혹은 폐급 신병이라 불리던 철수 아니겠는가.

예전 이등병 시절 때 철수에 비하면 승주는 그나마 잘해나가고 있다.

물론 몸으로 뛰는 육체노동에는 약한 모습을 보여주고 있지만, 그래도 압도적인 기억력으로 군 생활을 잘해내가고 있지 않은가.

'개구리 올챙잇적 시절 기억 못한다더니만.'

도훈이 혀를 차면서 활동화 끈을 조인다.

"김철수, 너도 갈래?"

도훈의 제안이었지만, 철수는 엄지손가락을 추켜올리며 말한다.

"난 우리 귀염둥이랑 약속이 있어서."

라고 말하면서 맥심 잡지를 선보이는 게 아닌가.

화장실을 향해 달려가는 철수를 향해 도훈이 고개를 절레절레 흔든다.

"화장실에 밤꽃 냄새가 진동을 하겠구만."

헬스장에서 농구공 하나를 가져와 농구장에서 승주와 가볍게 일대일 연습을 하고 있는 이도훈.

그 와중에, 멀찌감치 A급 전투복을 들고 이동 중인 범진이 이들을 부른다.

"야~ 짬내 나는 놈들아. 운동 하고 있냐?"

"김범진 병장님, 어디 가시는 길입니까?"

도훈이 범진에게 다가가자, 전투복을 들어 보이며 말한다.

"재봉실 간다."

"다리미질이라도 하시려는 겁니까?"

"그래, 임마. 내일부터 말년휴가 아니냐. 최후의 휴가인데 충분히 만끽하고 가야지."

내일, 월요일부터는 범진과 재수가 동시에 말년 휴가를 나가는 날이다.

당분간은 한수, 이도훈, 김철수, 그리고 강승주 4명으로 포반이 운영되어야 하는데, 솔직히 155㎜ 견인곡사포 포병을 4명만으로 운영하기란 여간 버거운 일이 아니다.

그래서 조만간 또 다른 후임이 들어올지 모른다는 희망 어린 생각을 품는 강승주지만, 그것도 또 모른다. 도훈과 철수마냥 후임이 거의 일병 말 때 들어올지.

"그럼 열심히 군대 라이프 즐겨라, 후임들아."

범진이 콧노래를 흥얼거리며 재봉실을 향해 간다.

말만 재봉실이지, 사실은 다리미와 재봉틀, 기타 여러 가지 장비가 혼합되어 있는 작은 공간에 불과하다.

전투복을 들고 생활관 안으로 들어가 구석진 재봉실 안으로 들어가자 이미 자리를 잡고 다리미질을 하고 있던 재수와 눈이 마주친다.

"이제 왔냐?"

"뭐야, 안재수. 너도 왔었냐?"

"그야 당연하지. A급 전투복인데 제대로 다리고 나가야지."

"전투화는 광 다 냈냐?"

"이거 하고 내려 가야지."

"우리도 천성 군인이구만. 이런 거나 신경 쓰고."

재수와 범진이 자신들의 행동에 스스로도 어이가 없는지 피식 웃는다.

한편, 얼마 전에 분대장 교체식을 마친 탓에 한수의 전투복 상의에는 초록색 견장들이 자랑스럽게 달려 있었다.

김대한, 안재수. 그리고 한수로 이어지는 분대장 라인.

그 라인의 상징이라 할 수 있는 초록색 견장을 단 한수가 연신 하품을 하며 행정반 안에서 무한 대기 중이다.

분대장을 달고 상병을 단 것까진 좋은데, 문제는 이제부터 한수도 당직 로테이션에 포함되어 있다는 부작용이 기다리고 있었다.

"벌써부터 하품하면 안 되잖냐, 신임 분대장."

"태풍!"

통신분과 분대장, 최수민이 행정반 안에서 컴퓨터를 두드리고 있던 와중에 그런 한수에게 잠시나마 말을 걸어본다.

"최수민 병장님은 분대장 교체 안 하십니까?"

"시기를 놓쳤어, 임마. 그리고 나는 아직 전역하려면 좀 남앗으니까."

수민이 전역을 하려면 아직 1~2달 정도 남아 있다.

게다가 아직 통신분과는 후임 분대장이 제대로 훈련이 되지 않아서 당분간은 포대장이 아마 최수민에게 계속 견장을 달라고 지시를 내렸을 것이다.

덕분에 이번에 하나포 분대장 교체식 때 같이 분대장을 물려주려던 최수민의 계획은 어김없이 실패로 돌아가고 말았지만 말이다.

"그래도 생각보다 당직 좋더라. 그다음 날에 근무휴식을 못하면 좀 짜증나긴 하지만 말이야."

"근무휴식을 한다 해도 이제 분대장이라서 저 없으면 분과가 안 돌아갈 거 같습니다."

"얌마, 그거 오산이다."

최수민이 다시금 키보드를 두드리면서 인트라넷에 접속한다.

"차기 분대장이 이도훈이잖아."

"…그러고 보니."

이도훈.

이 한마디로 모든 상황이 정리된다.

군대 내에서도 가장 확실한 보증수표로 통하는 게 바로 이도훈 아니겠는가. 현 사단장과 군대장의 마음을 사로잡은 남자(?) 이도훈인데 무엇이 두려울까.

"거의 흥행보증수표 같은 녀석이 후임 분대장으로 버티고 있는데, 걱정이 뭐가 있겠어?"

"하긴……."

한수가 팔짱을 끼고서 이도훈이라는 인물에 대해 곰곰이 생각을 해본다.

자대 전입 첫날부터 범상치 않음을 보여줬던 이도훈.

분명 신병인데, 병장보다도 뛰어난 노하우를 보여주는 이도훈에 솔직히 한수는 감탄을 할 수밖에 없었다.

도대체 무엇일까, 그 기분은.

신병에게 압도당한다는 그 언밸런스한 기분에 한수는 할 말을 잃었을 때가 종종 있었다.

정말 이 녀석이 신병이 맞을까 하는 의심도 들었었다. 실제로 김대한 역시 포대전술훈련 때 한 번 도훈을 의심하지 않았던가.

혹시 이 녀석은 사병의 탈을 쓴 신임 간부일 수도 있다.

병영생활이 어떻게 돌아가는지 알아보기 위해 일부러 병사로 신분을 세탁해서 잠복해 병영생활을 하고 있는 것일 수도 있다는 가설도 제기되었다.

하지만 전입하고 나서 일 년 가까이 병영생활을 알아보기 위해 잠복을 하는 사람은 매우 드물다.

아니, 거의 없다고 보는 게 맞을지도 모른다.

그래서 그 가설은 이미 박살이 난 지 오래.

"뭐, 어찌 되었든 좋은 후임이 있다는 건 좋은 거다, 임마. 나 봐라. 후임이 무능력해서 아직까지 분대장 달고 있는 거 안 보이냐?"

생각을 해보면 이도훈의 능력이 너무 우수해서 고민을 한다는 건 말이 안 된다.

같은 동기인 철수와 비교되기 때문에 더더욱 이런 현상이 벌어지는 수도 있겠지만 말이다.

"그것보다도 그 유명하신 이도훈 님, 이번에 상병 진급 시험 봐야 하지 않겠냐?"

"맞습니다."

"철수하고, 이도훈하고. 니가 잘 챙겨줘라. 물론 그 녀석들도 이제 자기 앞가림 정도는 하니까 별로 크게 신경 안 써줘도 되지만, 밑에 있는 녀석들 잘 키워봐야 나중에 니가 고생 안 하는 거야."

최수민의 진심 어린 충고에 한수가 감사의 말을 전한다.

"충고 감사합니다."

"분대장만 근 10개월을 차고 있는 내 충고니까 제대로 새겨들어라."

도훈이 군대 마스터라면, 최수민은 이제 거의 분대장 마스터가 다 되어가고 있을 정도였다.

　그렇게 범진과 재수가 말년휴가를 떠나기 위해 준비하는
아침.

　식사를 마치고 생활관 내부로 돌아온 하나포 인원을 향해
재수와 범진이 손을 흔들며 말한다.

　"잘 갔다 오마!"

　"나 없는 동안 전화 오게 만들지 마라, 한수야."

　"예! 잘 다녀오시기 바랍니다!"

　한수가 거수경례로 하나포 인원들을 대표해서 말년병장들
의 마지막 휴가 발걸음을 마중한다.

　가는 길에 하나포 반장인 우매한과 마주친 말년병장들이
거수경례를 하면서 외친다.

　"태풍!"

　"휴가 가는 길인가?"

　"예! 그렇습니다!"

　"사고 일으키지 말고 잘 다녀오도록. 알겠나?"

　"알겠습니다!"

　우매한이 재수와 범진의 어깨를 한 번씩 두드려 주며 포상
으로 향한다.

　포상 안에는 한여름에 잡초와 씨름을 벌이고 있는 하나포

인원들이 보인다.

오늘 당직은 한수, 그리고 말년병장 2명은 휴가를 나간 터라 현재 포상에서 작업 중인 인원은 고작해야 3명밖에 되지 않는다.

"한산하구만, 한산해."

철수가 혀를 차면서 하는 말이었다.

얼마 전까지만 하더라도 북적… 수준까지는 아니었지만, 그래도 김대한 병장이 분대장을 달고 있었을 시절에는 6명까지는 인원이 충족이 되었다.

그런데 이제는 그 반수밖에 안 되다니.

"뭔가, 격세지감이라는 것을 느끼지 않냐? 도훈아."

"수다 좀 그만 떨고 작업이나 해라."

본래 군대는 언젠가는 사람을 떠나보내야 하는 장소.

김대한도, 그리고 이제 곧 있으면 범진과 재수도 제1포대를 떠나게 된다.

남은 인원들끼리 추억을 곱씹으며 후임을 맞이하게 될 것이다.

물론 그것은 도훈도 마찬가지.

군 생활을 3년이 넘어가는 기가 막힌 체험을 하고 있지만, 도훈도 언젠가는 전역을 하게 된다.

그 기약이 얼마나 오래 끌지는 알 수 없겠지만 말이다.

"맞다, 생각해 보니까 우리 이번 달에 진급 시험 있잖아."

철수가 목장갑 가득히 잡혀 있는 잡초를 내려놓으며 묻자, 도훈이 알고 있다는 듯이 대답한다.

"있는데?"

"또 그 지긋지긋한 화생방 공부해야 하냐?!"

"지긋하긴, 군대에 있으면 맨날 접하는 게 화생방하고 정훈교육 이런 거잖아."

"아, 그냥 얌전히 진급 시켜주면 안 되나. 짜증나 죽겠네."

날로 먹을 생각부터 하는 철수였으나, 그래도 상황이 상황인지라 어쩔 수 없다.

"안 하면 진급 안 시켜주잖냐. 그럼 넌 하지 말든가."

"어허! 전우여, 섭섭하게 말하네. 설마 내가 진급을 포기할 정도로 필기시험을 싫어하겠나? 당연히 공부 해야지! 암, 그렇고말고!"

"진급 시험 떨어져서 내 후임이나 되지 마라."

"무서운 소리를 하는구만."

체력적인 면에서는 꾸준한 운동을 통해 자신감이 붙은 철수였으나, 저번 일병 진급 시험은 대한이 도와줘서 어찌저찌 붙을 수 있었다.

이번에는 과연 어떤 식으로 진급 시험을 통과할 수 있을지 도훈은 벌써부터 철수가 걱정이었다.

진급 시험도 좋지만, 그들에게 있어서 커다란 행사가 아직 하나 남아 있었다.

때는 포상에서 잡초를 뽑고 막사 위로 올라갔을 때였다.

"전 병력은 지금 즉시 막사 앞으로 집합해 주시기 바랍니다."

행정반에서 들려오는 방송 소리에 제1포대 병력들이 주섬주섬 연병장 앞으로 향한다.

하나포는 한수가 당직으로 빠지고, 말년 병장들은 말년 휴가를 나간 터라 현재 최고선임은 도훈이 될 수밖에 없었다.

물론 철수도 있지만, 한수의 입장에서는 철수에게 남은 최고 선임자리 대행 역할을 세우느니, 차라리 믿음직한 도훈에게 맡기는 것이 최고라 판단한 것이다.

"쳇, 나도 이제 상병 진인데."

철수의 투덜거림이 들려오자, 도훈이 쓴웃음을 지으며 말한다.

"아직 진급도 안 한 새끼가 뭔 상병이냐."

"너도 마찬가지잖아."

"그래서 나는 당당하게 '일병' 이도훈이라고 하잖아. 그리고 진급 시험에 내가 떨어질 리가 없잖냐."

"…하긴."

이도훈이 진급 시험에 떨어질 확률은 로또에 당첨될 확률과 비등할 정도일 것이다.

이미 군단급으로 인정받고 있는 이도훈인데, 설마 떨어질 리가 있겠는가.

이런저런 이야기를 나누는 와중에, 이들 앞에 모습을 드러 낸 포대장이 헛기침을 하며 시선을 모은다.

"오늘 너희에게 중요한 전달사항이 있다."

중요하다니.

요즘은 하도 중요한 사건들이 연속으로 터져서 이제는 웬 만해서 놀라지도 않을 듯한 강심장을 지니게 된 제1포대 인 원들이 포대장을 바라본다.

하지만 도훈은 순간 직감적으로 눈치챌 수밖에 없었다.

한창 더울 시기인 여름.

그리고 도훈이 상병을 달기 직전.

이 시기는······.

'설마······.'

"너희도 예전에 얼핏 들어서 기억하고 있을지도 모르지 만······."

포대장이 다시금 병력들을 훑어보면서 말을 이어간다.

"포대 이전에 관한 소식이다."

"······!!!"

그렇다.

123대대는 전통적으로 민간인통제구역 근처에 따로 전방 포대를 두고 있다.

123대대는 크게 본부포대, 제1포대, 제2포대, 그리고 제3포대로 구성되어 있는데. 본부포대를 제외하고 1~3 포대가 매년 번갈아 전방 포대로 올라가 1년 단위로 전방에서 활약을 하게 된다.

현재는 제3포대인 찰리 포대가 전방 포대 역할을 수행하고 있으며, 문제는 이제 곧 제3포대가 올라간 시점이 근 1년이 다 되어간다는 점이다.

"대충 소문을 들어서 알고 있겠지만, 이번에 전방 포대로 향하게 될 부대는……."

포대장의 말에 모두가 설마 하는 눈초리로 초집중을 보여주기 시작한다.

하지만 설마가 사람 잡는다고 하지 않는가.

이들의 믿음을 여지없이 무너뜨리는 포대장의 선언이 뒤를 잇는다.

"우리가 전방 포대로 선출되었다."

포대장의 말에 모두가 절망 어린 시선으로 바라볼 수밖에 없었다.

전방이 어디인가. GOP 지역과 바로 마주하고 있는 산골짜기 중에서도 산골짜기다. 네온사인 간판은 볼 수도 없을뿐더러, 자연 친화력이 너무 넘쳐서 멧돼지와 친구가 될 수도 있다는 소문이 무성한 바로 그런 장소 아니겠는가.

실제로 현재 전방 포대로 활약 중인 제3포대는 고라니도 기르고 있다는 소문이 돌고 있다.

"물론 니들이 싫어하는 거, 이 포대장도 잘 안다. 하지만 기억해라. 누군가가 그 자리에서 나라를 지키고 있었기에 우리가 이렇게 편하게 생활해 올 수 있었던 것이다."

포대장의 말에 병력들이 침을 꿀꺽 삼킨다.

조국을 지킨다.

그것이 바로 군인으로서 가장 최우선시 되는 사명 아니겠는가.

전방 포대는 그중에서도 고행을 겪어야 하는 포대이기도 하다.

병력들의 사기 저하를 눈치챈 행보관이 포대장의 말에 뒤를 이어 발언권을 획득한다.

"그리고 독립포대로서 활동하면 나름 좋은 점도 있으니까. 표정 다들 그렇게 썩지 마라, 잡것들아."

행보관이 한 말은 물론 거짓이 아니다.

독립포대도 독립포대로서의 장점이 있게 마련이다. 그 점에 대해서는 이도훈도 충분히 공감한다.

왜냐하면 여기서 독립포대 생활을 해본 병사는 바로 이도훈밖에 없기 때문이다.

'확실히 대대장의 감시망을 어느 정도 피할 수 있다는 점에 대해서는 좋지.'

그리고 대대는 식당과 막사가 떨어져 있어서 불편하기 짝이 없는 생활을 하고 있다. 하지만 독립포대는 식당과 막사의 거리가 매우 짧은 편이라서 식사시간을 단축할 수 있다는 장점을 지니고 있다.

무엇보다도 가장 큰 장점이 있다면 바로…….

'연병장이 있다는 거지!'

123대대 안에는 대대 연병장 하나밖에 존재하지 않다. 그래서 축구를 하든 농구를 하든 하고 싶은 운동이 있다면 대대까지 내려가서 하든가, 아니면 좁아터진 막사 앞에서 해야 하는 게 전부였다.

그러나 독립포대로 올라가게 되면 별도로 연병장이 있어서 축구든 농구든 족구든 언제든지 넓은 공간에서 할 수 있다는 장점이 갖춰져 있다.

또한 PX도 따로 있어서 먹고 싶으면 후딱 갔다 올 수도 있고 말이다.

어떻게 보자면 독립포대가 더 좋을 수도 있다.

하지만 사람이라 함은 본래 자신의 집을 떠나는 것에 대해서 자연스러운 거부반응을 일으키는 법이다.

그리고 솔직히 말하자면.

귀찮다.

포대끼리 서로 위치를 바꾸는 것이다. 이건 말 그대로 대형 이벤트 중 하나에 속한다. 어찌 보면 훈련보다도 더 중요한 과정이기에 대대장도, 그리고 포대장도 신경을 많이 쓸 수밖에 없다.

포대의 이동!

이 얼마나 거대한 행사겠는가.

"이동 일시는 2주 뒤다. 그때까지 각 분과는 미리 짐을 챙겨두고, 수송부는 차량 관리 잘해둬라. 알겠나."

"예! 알겠습니다!"

이렇게 해서 도훈과 철수의 진급 시험보다도 훨씬 더 중요한 행사가 제1포대에 들이닥치게 된 것이다.

"전방 포대 이전이라……."

오랜만에 사단장과 술 한잔을 걸치고 있던 군단장이 잠시 생각에 잠긴다.

"그러고 보니 123대대는 포대 하나가 전방 포대로 이전하게 되어 있었지."

"그렇습니다, 형님."

사단장이 소주잔에 술을 따라주자, 군단장이 다시금 벌컥

들이켠다.

"그래, 이번에는 제1포대가 해당 포대가 되었다고?"

"예, 이번 달 말쯤에 이동하지 않을까 싶습니다."

"허허. 123대대로서는 매우 중요한 행사가 되겠구만."

"안 그래도 대대장하고 포대장이 그거 때문에 몇 날 며칠 밤을 새가면서 준비하고 있나 봅니다."

"하긴. 포대 교체식은 보기 드무니까."

게다가 제1포대의 경우에는 전방 포대 경험을 가지고 있는 자가 없다. 간부들조차 그 경험이 거의 없다시피 할 정도니까 말이다.

물론 제대로 인수인계가 되면 좋겠지만, 자칫 잘못된 인수인계가 되면 화를 초래할 수 있다.

특히나 전방 포대는 아주 중요한 곳이다.

GOP 지역 근처에서 가장 강력한 화력 지원을 담당하게 될 포대가 기강이 헤이해지면 군단장으로서도 난감하기 때문이다.

"…한번 가볼까."

"직접 말입니까?"

"내가 직접 관리, 감독해 보는 것도 나쁘지 않을 거 같지 않냐?"

"그거야……."

사단장은 고민을 할 수밖에 없었다.

자신이 직접 지휘해도 대대장과 포대장의 스트레스는 마구마구 쌓일 텐데, 군단장이 와 봐라. 아마 이들의 스트레스는 하늘을 찌를 듯처럼 상승할 것이다.

"게다가 오랜만에 도훈이도 보고 싶고."

"그게 목적 아닙니까? 형님."

"허허. 그냥 잠자코 모른 척해라."

아직도 도훈에게 간부 지원의 길을 포기하지 않은 군단장은 또다시 소주 한 잔을 들이켤 뿐이었다.

다음 날 아침.

"챙겨갈 거라……."

간단하게 챙겨갈 거라고 한다면, 생활관 내에, 즉 관물대 안에 짱박아 둔 각종 개인 물품과 더불어서 포상에 위치한 덩치 큰 155㎜ 견인곡사포, 기타 사격기재를 챙겨 가면 될 일이다.

전포는 무엇보다도 견인곡사포를, 그리고 행정분과는 각종 행정 기재들, 통신분과는 통신기기들, FDC(사격지휘)는 첨단기기들을.

수송분과는 차량에 대해 신경을 쓰면 될 일이다.

"설명만 들으면 간단한 거 같은데."

근무휴식을 취하고 있는 한수를 뒤로하고, 포상에 모인 하나포 삼인방은 챙겨야 할 물품 리스트를 정리해 본다.

"야, 이도훈."

"왜."

현황판을 바라보던 철수가 손가락으로 무언가를 가리키며 묻는다.

"그럼 이것들도 가져가야 하냐?"

철수가 가리킨 것은 포상 내에 위치한 수많은 포탄이다.

모의탄이 아닌 실제탄으로서, 장전을 하고 발사하면 작동하는 그 실제탄이 맞다.

"만약 저것도 다 가지고 가야 한다면 진짜 어깨하고 허리 작살 날 거 같은데."

포탄 하나의 무게는 성인 어른이 감당하기 매우 힘들 정도다. 근력 하나는 자신감 넘치는 철수조차도 포탄 옮기기 작업을 할 때는 허리에 통증을 호소할 정도였으니까 말이다.

모든 작업이 항상 그렇듯 무리만 안 하면 되긴 하지만, 요령이 없으면 언제나 무리를 하게 된다.

그 무리의 대표적인 인물이 바로 김철수.

견인곡사포 포병은 언제나 힘을 쓰는 일을 도맡는다. 포탄을 옮기는 것 역시도 대표적인 사례 중 하나.

그래서 철수의 걱정 어린 시선이 오늘따라 애절하게 보인다.

"걱정 마라, 임마. 포만 바꾸는 거니까."

"정말?!"

"그래, 어차피 포탄을 서로 교환하는 것도 의미가 없잖아. 전방 포대는 전방 포대에게 할당된 양이 있고, 대대 포대 내에는 대대 포대 내에게 할당된 양이 고정되어 있으니까 포탄은 놔두고 포만 가지고 가면 돼."

"그렇군! …그런데 넌 어떻게 그걸 아냐?"

"상식이야, 상식."

사실 상식이라기보다는, 미래를 아는 지식을 토대로 나왔음에는 별다른 토를 달지 않기로 한다.

어차피 철수에게 백날 미래에서 온 지식이라 설명해도 모를 테니까 말이다.

"이동 준비에 진급 시험을 둘 다 준비해야 하다니… 골치 아프구만."

철수의 한숨이 포상 안을 가득 채워간다.

한편, 신병인 승주는 포탄을 스윽 훑어보면서 도훈에게 질문한다.

"이게 정말 터지는 포탄인 겁니까?"

승주의 말에 답변을 해주려던 도훈이었지만, 말을 끊은 철수가 갑자기 씽긋 웃는다.

"야, 승주야."

"이병! 강! 승! 주!"

"너, 조심해라. 그러다가 포탄 터지면 그대로 사망이니까."

"자, 잘 못 들었습니다?!"

포탄 근처에 있던 승주가 화들짝 놀라며 뒷걸음질 친다.

포탄의 양은 눈으로 얼핏 봐도 100개가 족히 넘어간다.

그런데 잘못해서 이곳에 포탄이 한꺼번에 터지기라도 한다면……

"터, 터지는 겁니까?! 정말입니까!"

"그래, 예전에 포대 전설 기록 중 하나를 살펴보자면, 평소와 같이 우리들처럼 잡초를 뽑던 포반이 있었지."

꿀꺽.

승주가 침을 삼키며 철수의 이야기에 귀를 기울이기 시작한다.

한편, 도훈은 뭐 이런 병신이 다 있나 하는 시선으로 철수를 바라보지만, 굳이 말릴 생각은 들지 않는다.

어차피 군대가 다 이런 말도 안 되는 이야기를 후임한테 털어놓는 재미 아니겠는가.

철수에게도 그런 재미를 선사해 주기 위해 도훈도 잠시 듣기만 하자는 생각을 품게 된다.

"그런데 어느 날, 갑자기 포탄이 빵! 하고 터진 거야!"

"워, 원인이 뭡니까?"

"원인은 바로… 방귀를 너무 심하게 뀌어서…….'

"적당히 좀 지어내라, 병신아."

결국 도훈이 철수의 뒤통수를 한 대 후리고 만다.

아무리 허풍 섞인 말이라고는 하지만, 방귀 한 번 잘못 뀐 거로 포탄이 터지는 말도 안 되는 이야기를 지어내고 있으니, 도훈의 입장에서는 미친놈도 이런 미친놈이 없다는 시선으로 바라볼 수밖에 없던 것이다.

"뭐야, 이도훈. 모처럼 포대 전설 이야기를…….'

"그게 무슨 전설급이냐, 허풍 전설이겠지. 여하튼 사격 기재 미리 확인해 두고. 나중에 뭐 하나라도 없으면 곧장 털리는 건 우리니까 제대로 잘 기록해 둬라. 승주 저놈이 기억력이 좋으니까 그쪽 방면은 믿고 맡길 수 있을 거다."

"쳇…….'

철수가 혀를 차면서 승주를 데리고 사격 기재 체크 작업에 임한다.

한편, 도훈은 포를 간단하게 정비하기 시작한다.

본래는 정비에 관해서는 전문 지식을 갖추고 있는 사수가 전담하긴 하지만, 도훈은 과거 사수까지 해본 경험이 있는지라 누가 알려주지 않았음에도 불구하고 자연스럽게 정비를 도맡아 한다.

포대 이전 행사.

123대대에서는 1년에 단 한 번 있는 이벤트이기 때문에 그 중요도가 실로 높다고 할 수밖에 없었다.

오죽하면 진급자들을 불러놓고 이런 공지를 들려주겠는가.

"이번 진급 시험은 약식으로 하겠다!"

저녁 점호 시간에, 포대장이 잠시 막사를 들러서 병사들에게 이런 공지사항을 들려준다.

본래 이번 달 말이면 진급 시험을 봐야 하지만, 공교롭게도 포대 이전 기간과 겹치게 되어 제1포대의 경우에는 특별히 약식으로 하게끔 위에서 치침이 내려왔다.

물론 제3포대 역시도 마찬가지.

"하지만 약식으로 보게 되었다 해도 절대로 진급 시험이 쉽게 바뀐 것은 아님을 명심해라."

포대장의 말에 유독 긴장된 표정을 지어 보이는 진급자들. 특히나 철수는 침을 꿀꺽 삼킬 수밖에 없었다.

"이번 달에 있는 '사격 훈련'으로 모든 것을 채점하겠다. 알겠나."

"사격?!"

모두의 동공이 크게 흔들릴 수밖에 없었다.

군대는 주기적으로 실탄을 소모해서 사격 측정을 하게 되어 있다. 물론 도훈이 속해 있는 123대대도 예외사항은 없다.

이번 달 사격 훈련이 아직 남아 있던 관계로, 포대장은 이 기회를 진급 시험에 결합시키고자 하는 계획을 세운 것이다.

사격 자체는 그다지 어렵지 않다. 하지만 문제는 이게 진급 시험과 결합이 되면 커다란 문제가 된다.

"총 20발 중 14발 이상을 맞추면, 진급 시험 통과로 처리하겠다. 기회는 단 한 번뿐. 알겠나?"

"예! 알겠습니다!"

진급 시험 준비도 하면서 동시에 포대 이전 준비도 해야 한다.

어차피 이전 준비 같은 경우에는 한수가 도맡아서 하나포를 주도하겠지만, 한수의 입장에서는 이번에 두 명이나 진급 시험을 앞두고 있기에 골치가 아플 수밖에 없었다.

특히나 도훈이 진급 시험에 누락하는 일이 발생해서는 안 된다.

차기 분대장인 이도훈이 진급 누락이라면 무슨 시선을 받겠는가.

도훈에게 있어서는 여러 가지 의미로 위기가 될 수도 있을지 모른다.

포대 준비 이전이 한창일 때.

이제 슬슬 승주도 외곽근무를 나가기 시작하면서, 하나포는 어느 정도 여유를 찾게 되었다.

아직까지는 4명이라는 조촐한 포대 인원 숫자에 불과하지만, 다른 신병들과는 다르게 승주는 빠른 적응력을 보이며 꽤나 좋은 평가를 받기 시작한 것이다.

오히려 철수보다도 더 나은 평가를 받을 정도였다.

"감히 후임 주제에 나보다도 더 A급이라는 소리를 듣다니."

철수가 못마땅한 시선으로 생활관 내에서 총기수입을 한다.

옆에서 그 소리를 듣고 있던 승주가 잔뜩 긴장한 모습으로 외친다.

"죄, 죄송합니다!"

"넌 왜 승주 괜히 쫄게 만드냐."

한수가 분대장일지로 철수의 머리를 탁 내려친다.

그러자 억울함에 사무친 표정을 지어 보이는 철수가 자신의 심경을 토로한다.

"너무하십니다, 한수 상병님. 최근 저한테 너무 매정하게 구시는 거 아닙니까?"

"그렇게 굴 만한 짓을 하지를 말든가 알아서 해라. 여하튼 총기수입 잘하고. 내일 사격 나가서 괜히 14발도 못 맞추고 진급 시험 떨어지지 마라. 징징거려도 진급 안 시켜주니까."

"하하! 걱정하지 마시기 바랍니다! 이래 봬도 사격은 나름 자신 있습니다!"

믿기지 않지만, 철수는 사격에서는 어느 정도 우수한 성적을 자랑해 왔다.

도훈은 그게 필히 철수의 실력이 아니라 그저 총을 잘 만났다는 생각을 할 뿐이지만 말이다.

사격 실력은 굳이 말하지 않아도 사격자의 실력이 좋아야 하는 건 당연지사지만, 총의 상태가 좋느냐 안 좋느냐에 따라서 호불호가 갈리기도 한다.

아무리 영점을 맞춰도 표적판에 제대로 맞춰지지 않는 불량 총은 허다하기 때문이다.

그 점으로 따지자면, 아마도 철수의 사격 성적을 통해서 녀석은 지금 가지고 있는 총과 천생연분이라는 결론이 날 것이다. 좀 더 과장해서 표현하자면 여자 친구보다도 더 천생연분이라고 할까.

내일 있을 사격 훈련(=진급 시험)을 위해서 열심히 총기수입을 마친 이들.

그리고 다음 날 아침.

"잘 갔다 와라."

한수가 도훈과 철수의 등을 한 번씩 가볍게 쳐주면서 말하자, 둘 역시 한수에게 걱정하지 말라는 듯이 대답한다.

"가볍게 합격하고 오겠습니다!"

"뭐… 도훈이는 걱정 안 하지만, 문제는 김철수지."

한수의 시선에 여전히 불만 어린 답변을 내던진다.

"상병 달고 오겠습니다, 한수 상병님."

"그래, 잘해라. 난 승주 데리고 가서 이전 준비나 해둬야겠다."

"예!"

5톤 트럭 뒤에 한 명씩 차근차근 올라 사격장으로 향하기 시작한다.

덜컹거리며 움직이는 5톤 트럭에 몸을 실은 진급 시험자는 총 20명.

선탑자로 행보관이 타고, 그 뒤로 전포사격통제관과 하나 포 반장이 뒤따르는 5톤 트럭의 선탑자 자리에 같이 몸을 싣게 된다.

3대로 나눠서 타고 사격장에 하나둘씩 도착하기 시작한 이들.

"내려라, 잡것들아."

행보관에 말에 모두가 5톤에서 내리기 시작한다.

대대장과 포대장은 각자 레토나를 타고 미리 도착해 있었는지 다른 간부들과 병사들을 대동해서 미리 사격장 세팅을 하고 있었다.

원래는 5톤을 타면서까지 이렇게 장거리로 올 정도의 사격 장을 매번 애용하는 건 아니다.

현재 이들이 도달한 사격장은 표적판이 절로 올라오는 자 동화 시스템이 구축되어 있는 사격장으로, 다른 부대도 와서 사용하는 사격장이기도 하다.

평소라면 대대 내부에 있는 자체 사격장에서 사격을 하겠 지만, 진급 시험이라는 중요한 부수적인 목표가 걸려 있어서 이렇게 멀리 있는 사격장까지 직접 찾아오게 된 것이다.

'가볍게 통과해 주지.'

몸을 풀면서 사격장 안전수칙, 그리고 각자 사로 확보를 한 다.

도훈은 7조, 그리고 철수는 5조.

"내가 먼저 선빵이냐?"

철수의 말에 도훈이 고개를 끄덕이며 조 편성이 적혀 있는 종이를 바라본다.

"아무래도 그런가 보다."

"기뻐해야 좋을지, 슬퍼해야 좋을지 모르겠네."

"매도 먼저 맞는 게 좋다고 하잖냐. 그냥 긍정적으로 생각 해."

"그럴 수밖에."

한편.

사격장 안에 갑자기 4~5대의 레토나가 우르르 몰려온다.

그것도 전부 123대대보다도 상급 부대에서 나온 레토나들 말이다.

그중에는 연대장도 보인다.

"대대장! 대대장! 어디 있는가!"

연대장이 레토나에서 내리자마자 황급히 123대대장을 찾기 시작한다.

멀찌감치서 사격 통제를 하고 있던 대대장이 연대장을 보자마자 황급히 뛰어오기 시작한다.

"태! 풍!"

"태풍! 그것보다… 그, 그분은 아직 안 오셨겠지?"

"그분이라니… 무슨 말씀을 하시는지 잘 모르겠습니다."

"그분 말일세! 설마 자네, 소식 못 들었나?"

부대 이전과 진급 시험 덕분에 정신이 없던 대대장이라서 연대장이 무슨 말을 하는지 잘 이해가 안 간다는 표정을 지을 수밖에 없었다.

"죄, 죄송합니다!"

"…아니. 못 들었다면 그렇다고 치게. 지금은 자네의 정보 부족을 탓할 시간조차 없으니까."

연대장이 속사포마냥 빠르게 말하기 시작한다.

"지금 당장 전 간부들 소집하게! 즉시!"

"예! 알겠습니다!"

도대체 무슨 일이 벌어지려고 하는 것인가.

느닷없이 연대장이 대대 사격장을 방문하질 않나, 간부들을 소집하라고 하질 않나.

어지간히 비상사태가 벌어지지 않으면 웬만해선 움직이지 않는 연대장이 이렇게 벌벌 떨 정도다.

순간적으로 대대장은 혹시나 하는 마음에 연대장에게 묻기 시작한다.

"호, 혹시 그분이라면……."

대대장의 이마에 식은땀 한 방울이 흘러내린다.

"사, 사단장님이 오시는 겁니까?!"

"이 사람아! 사단장님이라면 오히려 나을지도 모르지!"

연대장이 목소리를 높여 대대장의 가설에 꾸지람을 선사한다.

알게 모르게 최근 이도훈 덕분에 연대장은 사단장과 만나는 횟수가 빈번해졌다.

상급자를 자주 만나는 것은 부담스러운 자리가 될 수도 있지만, 그렇다고 부정적인 영향만 끼치는 것은 아니다.

사단장과 친해지면 적어도 연대장에게 있어서는 손해가 아니다.

안 그래도 연대장도 별 하나를 달기 위해 피나는 고생을 하고 있는데, 여기서 미리 연줄을 확보해 놓으면 자신의 진급도 산행길이 아닌 아스팔트가 깔린 도로가 될 수도 있지 않겠는가.

그렇게 하기 위해서는 지금의 위기를 잘 넘겨야 한다.

"사, 사단장님은 아니고……."

연대장이 침을 꿀꺽 삼킨다.

그러면서 천천히 흘러나오는 한 단어.

"구, 군단장님께서… 오신다고 하시네."

"군단장님?!"

군단장이 정식으로 123대대에 찾아온 적은 거의 없다.

물론 사단장이 123대대에 비정상적으로 많이 찾아오는 감이 없지 않아 있지만, 그렇다고 사단장은 유리아라는 존재가 있기 때문에 그러려니 하고 있었다.

하지만 군단장이라니!

이 소식을 들은 대대장과 포대장은 새파랗게 질린 표정으로 병력들을 소집한다.

오늘 사격을 할 20명에게도 이 사실을 전하자, 입에 거품을 물지 않았을 뿐이지 거의 실신 직전의 상태를 보여주는 이들이 태반이다.

세상에 군단장이 이 사격장에 오는 것이다.

쓰리 스타의 강림에 하늘은 전율이라도 하듯, 방금 전까지도 쾌청하던 날씨에 점점 먹구름이 몰려오기 시작하고 있었다.

"다, 당황하지 마라!"

포대장이 이렇게 말을 하지만, 정작 포대장이 병사들보다도 더 당황하고 있다.

어차피 병사들은 군대 전역하면 군단장과는 생판 남인 관계가 된다. 물론 지금은 가히 신급으로 모셔야 할 존재이기에 바들바들 떠는 것은 당연하지만, 그래도 간부들보다는 훨씬 나은 상태다.

포대장과 대대장에게 있어서 군단장의 존재는 넘볼 수 없는 위엄을 갖춘 자이다.

그런 군단장이 도대체 왜 이런 하찮고 사소한 사격 평가장에 오겠다는 것인가.

그 연유를 모르겠다는 표정을 지어 보이는 병사들에게 연대장이 차근차근 설명에 임한다.

"…파악이 안 됐다."

"……!!!"

"오는 목적도, 이유도 불명이다. 하지만, 분명한 것은 하나 있다."

연대장의 말에 모두가 귀를 기울이기 시작한다.

특별한 목적도 없으면서 이곳에 오는 이유가 도대체 뭘까.

궁금해 죽겠다는 이들에게 연대장이 차근차근 설명해 준다.

"사격장에 오는 이유가 무엇인가?"

"사격을 하기 위해서입니다."

대대장의 말에 연대장이 고개를 절레절레 흔든다.

"그건 일반 사병의 시선이고! 간부로서 사격장에 오는 이유를 말하는 걸세!"

"사격 통제… 아닙니까?"

"통제라기보다는 일종의 감찰이라 생각하네."

"감찰……!"

생각을 해보면 군단장은 그리 한가한 사람이 아니다.

한가한 사람이 아닌 존재가 괜히 대대 사격 연습장에 오겠는가.

분명 무슨 이유가 있을 것이다.

"큰일이구만… 큰일이야!"

"대대장."

연대장이 당황해하는 대대장을 부른다.

"여기 20명 사격 성적은 어떤가?"

"평이합니다. 오늘은 진급 시험과 사격을 병행하는 날이라서… 특별히 사격에 출중한 인원들로만 구성되어 있는 게 아닙니다."

"으음……."

침음성을 흘리는 연대장이 20명의 병력을 바라본다.

군단장 앞에서 괜히 어쭙잖은 사격 실력을 뽐내서는 안 된다.

"전원 14발 이상 맞춰서 불합격자가 없도록 해야 한다, 알겠나!"

"예! 알겠습니다!"

군단장이 오는 이상, 실패는 용납할 수 없다.

이렇게 된 이상, 전원 합격하는 모습을 보여줘야 할 뿐.

"태!!!! 풍!!!!"

우렁찬 연대장과 대대장의 거수경례 구호 소리와 함께 드디어 모습을 드러낸 군단장.

뒤이어 유리아의 아버지인 사단장도 같이 동행했는지 나란히 발걸음을 옮긴다.

"음!"

군단장이 가볍게 거수경례를 받아준다.

별 3개의 위엄이란. 연대장의 숨이 탁 막힐 정도로 얼어붙은 표정을 유지한다.

"유리아는 안 왔나 보군."

군단장의 말에 대대장이 사색이 된 표정으로 대답한다.

"포, 포대 이전 준비로 인해 부대에 남아 있습니다!"

"그렇군. 그쪽도 중요하니까. 내 이해하겠네."

아무래도 사격장에 온 이유 중 하나에 유리아를 보고 싶다는 마음도 포함되어 있나 보다.

"그건 그렇고, 사격 준비는 제대로 잘되어 있나?"

"예!"

사실 군단장이 온다는 소리를 접하고 나서, 연대장이 직접 지휘하며 사격장 주변을 임시방편으로 청소했다.

길게 자라 있는 풀을 일일이 다 뽑아내고, 사격판은 혹시 몰라서 걸레질까지 했다.

사로별 자리도 A급 판쵸우의를 깔아두고, 나름 만반의 준비를 마친 연대장이었기에 군단장에게 자신 있게 말할 수 있었다.

"어디 한 번 보도록 할까."

"예!!!"

연대장이 충분히 예상했다는 듯이 군단장을 안내한다.

사단장과 함께 포대장도 뒤를 따르기 시작한다.

별들의 행군에 병사들은 그저 얼어붙은 채 멀찌감치서 저들의 행보를 구경한다.

병사들을 통제하고 있던 행보관이 고개를 흔들면서 나지막이 말한다.

"하늘도 꿀꿀하구만. 이러다가 비라도 오는 게 아닐는지 모르겠다."

행보관의 말은 절대 흘려들을 수가 없는 중요한 말이기도 했다.

사격을 해야 하는데 비가 올 수 있다니?

"…저기, 행보관님."

철수가 잔뜩 걱정된 얼굴로 묻기 시작한다.

"비 오면 사격 취소해야 하는 거 아닙니까?"

"이 잡것아, 지금 사격장에 누가 왔는지 모르고 하는 소리냐? 군단장님께서 오셨는데 우천 시 사격 취소가 어디 있겠냐. 그냥 닥치고 하는 거지."

"……."

그렇다. 사격은 비가 거의 폭풍우급으로 오지 않는 이상, 웬만해선 그대로 진행하는 편이다.

일기예보에 큰 비가 올 거라는 예상도 없었고, 와봤자 그저 지나가는 소나기에 불과할 것이다.

"그러니까 니들은 그냥 너희 차례에 비가 안 오기를 기대하고 있어라."

괜히 사격에서 14발 이하로 맞추게 되면, 사단급으로… 아니, 군단급으로 역적이 될 수도 있다.

군단장님께서 버티고 있는데, 여기서 불합격이라도 나와 봐라. 그날 이후로 군단장부터 시작해서 사단장, 연대장, 대대장, 포대장 순으로 내리갈굼이 시작되는 것이다.

그 내리갈굼이 설마 사병들에게 안 올 거란 생각은 안 하는 게 좋다. 내리갈굼의 시작은 바로 간부에서부터 출발하는 경우가 대다수니까 말이다.

사격장 주변을 한번 돌아본 군단장이 고개를 끄덕이며 말한다.

"상태가 좋군. 평소에도 관리를 잘하나 보군."

"예! 그렇습니다!"

대대장이 기쁜 표정을 지으며 대답한다.

솔직히 말해서 뻥이다. 주기적인 관리는 개뿔. 그저 보여주기 식으로 군단장이 온다는 소리를 듣자마자 재빠르게 청소한 것뿐이다.

이게 바로 군대식 보여주기 아니겠는가. 상급자에게만 좋은 인식이 박히면 된다. 참으로 편하고도 간단한 방법이지만, 동시에 가장 귀찮고 스트레스 많이 받는 방법이기도 하다.

"그럼 준비도 다 된 거 같으니까 슬슬 시작하지."

"예!"

1조부터 7조까지 나란히 준비되어 있는 명단을 군단장에게 건네주는 연대장.

유심히 명단을 지켜보던 군단장이 유독 7조에 시선이 가기 시작한다.

"7조는 한 명밖에 없나?"

"예! 그렇습니다!"

"흐음. 과연."

인원수를 앞으로 구겨 넣다 보니 이도훈 혼자만 남게 되는 경우가 발생하게 되었다.

사실은 군단장이 오기 전에 7조 인원은 총 3명이었다. 아무래도 혼자서 쏘게 하는 건 여러모로 불공평하기 때문이었다.

그래서 5조부터 사로 하나씩을 비워두고 인원을 뒤로 당겨서 7조를 총 3명으로 맞춰뒀지만, 연대장이 명단을 보자마자 이도훈이 마지막 조에 포함된다는 사실을 알고서 재빠르게 7조를 이도훈 혼자만의 조로 편성하게 된 것이다.

도훈에게 거는 기대가 있기 때문이었다.

"이도훈."

연대장이 도훈을 조용히 호명한다.

사단장과 군단장이 눈치채지 못하게 도훈을 부른 연대장이 도훈의 양어깨에 손을 올려놓는다.

"오늘, 자네의 임무가 가장 중요하네."

"임무··· 무슨 말씀이신지······."

"솔직히 이번 사격 때 만발 맞추는 병사 정도는 나와야 하지 않겠나?"

"만발······!"

사격 훈련에는 언제나 스타가 있게 마련이다.

물론 두말할 필요도 없이 사격장의 스타는 바로 '만발자' 아니겠는가.

"자네라면 확실히 만발 정도는 맞춰줄 거라 생각하네. 군단장님께서 보실 때 멋지게 만발 한 번 맞춰준다면··· 우리 부대에 대한 인식도 높아지는 게 아니겠나?"

연대장의 계획은 이러했다.

가장 믿을 만한 병사를 맨 마지막에, 그것도 혼자 배치시켜놓고 만발을 맞추게 하는 것이다.

약간 무모한 면이 없지 않아 있지만, 그래도 연대장의 계획은 어떤 의미로 정석이라고 할 수 있다.

가장 믿음직한 도훈이기에 만발 가능성도 가장 높다.

"최대한 한번 해보겠습니다."

"자네만 믿고 있겠네!"

연대장이 신의가 가득 담긴 눈빛으로 도훈의 어깨를 다시금 힘입게 잡는다.

평소 같으면 도훈으로서는 '만발 따윈 우습습니다! 맡겨만 주시기 바랍니다!'라고 했겠지만…….

툭 까놓고 말하자면 불안하다.

그도 긴장할 줄 아는 일종의 '사람'이기 때문이다.

그리고 엎친 데 덮친 격이라고 할까.

"씨발, 왜 갑자기 마른하늘에 날벼락이야!"

분명 오늘의 일기예보는 '화창'이었다.

그런데 어느 순간, 오늘의 날씨는 주르륵주르륵 습기가 넘치는 소나기로 바뀌었기 때문이다.

"저번에 한 번 겪었던 일인데, 이거……."

유격 입소 행군 때였을까.

그때도 분명 말짱하던 날씨가 갑자기 천둥과 벼락을 동반한 엄청난 날씨로 변모한 적이 있었다.

그리고 물론, 그 날씨는 자연적인 변화가 아닌 인위적인 변화라는 사실을 차원 관리국을 통해 들은 바가 있다.

즉…

'이것도 피드백이냐?!'

혹시 이 현상도 피드백이 아닐까 싶었지만 지금은 그런 일에 신경을 쓸 때가 아니다.

도훈이 가장 신경을 써야 하는 부분은 바로 만발을 맞추느냐 못 마추느냐다.'

비와 바람을 동반한 최악의 날씨 속에서, 도훈은 만발을 맞춰야 한다는 부담감을 양어깨에 짊어지고 있다.

사실 도훈의 만발보다도 더욱 문제가 되는 것은 바로 '탈락자'가 있을지도 모른다는 불안감이다.

"1포대 집합!"

"집합!"

사격에 임하기 전에, 포대장이 다시금 이들을 모아 말한다.

"날씨는 솔직히 말해서 사격하기에는 최악이다. 하지만 사격을 전혀 하지 못할 정도의 날씨까지는 아니기에 사격 훈련은 속행하기로 했다."

"……!!!"

병사들의 표정에 어느 정도 예상은 했다는 듯한 눈빛이 느껴진다.

비가 그렇게 많이 내리지는 않는다. 바람이 불긴 하지만, 그렇다고 기껏 군단장이 왔는데 여기서 고작 날씨 이유로 사격을 중지할 수도 없는 노릇이다.

그러면 연대장과 사단장의 체면이 말이 아니게 된다.

"힘들겠지만… 14발 이상은 맞추도록 노력해라!"

"예! 알겠습니다!"

"너희의 진급이 걸려 있다. 한 발, 그리고 또 한 발 최선을 다해 쏘도록!"

"예!!"

진급도 걸려 있고, 군단장의 눈초리도 걸려 있다.

여기서 괜히 14발 이하를 맞추게 되면 군단급으로 역적이 될지도 모른다.

"알파 포대! 파이팅!!"

"파이팅!!!"

그리고 드디어 그들의 군 생활 시험이 시작된다.

5장
상병 진급을 하다

　1조가 먼저 사격을 시작하는 와중에, 다른 이들은 판쵸우
의를 뒤집어쓰고 대기 중이었다.

　"준비된 사수로부터 사격 개시!"

　타앙!

　첫 발을 시작으로 타다당! 소리가 연신 사격장 내에 울려
퍼진다.

　군단장은 멀찌감치서 이들을 지켜보고 있는 중이다. 그 곁
에는 사단장과 연대장이 불안한 눈빛으로 1조 인원들을 바라
보고 있다.

최악의 기우 상황이다. 만발까지는 기대하지 않더라도, 최소한 탈락자는 나오지 않기만을 진심으로 기원하는 눈동자로 이들을 바라보는 대대장과 포대장의 심장은 타들어가는 듯한 기분이 들 수밖에 없었다.

그리고 1조 사격이 끝남과 동시에…….

"1조, 전원 합격!"

"우오오오오!!!!!"

1조 인원들이 우레와 같은 함성을 내지른다.

진급 합격이라는 안도의 한숨보다 나는 이제 살았다! 라는 의미가 강하게 내포되어 있는 함성이라고 볼 수 있다.

1조의 선방.

그리고 이어지는 2조의 사격.

연속적인 사격 소리가 사격장을 가득 채워가지만, 불행 중 다행으로 아직까지 탈락자는 발생하지 않고 있다.

왜냐하면 이들의 진급 시험이 걸려 있는데다가, 군단장이 보고 있다는 압박감이 이들에게 엄청난 심리적인 무게감을 선사해 주고 있기 때문이다.

그리고 더욱이 아직까지는 비와 바람이 덜 부는 형국이다.

물론 미세한 비와 바람이 탄의 궤도에 많은 영향을 끼친다는 사실은 잘 알고 있지만, 용케도 14발 이하 탈락자는 나오지 않고 있다.

그러나 바꿔 말하면, 만발자도 나오지 않고 있었다.

"으음⋯⋯."

철수가 속해 있는 5조가 막 사격을 끝냈을 무렵, 결과를 보고받은 군단장의 표정이 점점 굳어간다.

"다들 사격은 잘하는데 말이야⋯⋯."

군단장이 지휘봉으로 각 사로에 위치한 병사들을 가리킨다.

"특등 사수는 없는 겐가?"

드디어 왔다.

군단장의 요구 사항! 사격장에서, 그것도 20명이나 사격을 하고 있는 왜 지금까지 만발자가 단 한 명도 나오지 않고 있는 것인가!

탈락자가 나오지 않은 것만으로도 위안을 삼고 있었던 대대장과 포대장이었지만, 군단장의 이 사소한 불만 한마디에 또다시 얼굴이 사색이 될 수밖에 없었다.

"저, 저기⋯⋯."

"그래도 사격장이라면 만발자 정도는 나와 줘야 하지 않겠나? 123대대의 사격 실력이 이 정도밖에 안 되나?"

"죄, 죄송합니다!"

군단장의 심기가 점점 불편해지기 시작한다.

아무리 기우조건이 악화되었다 해도, 그리고 탈락자가 나오지 않는 긍정적인 상황이라 해도 사격장의 꽃인 만발이 나오지 않고 있다는 건 군단장에게 있어서 묘하게 걸리는 점으로 작용하고 있었다.

다름 아닌 군단장이다. 별 3개가 왔는데, 만발자가 없다니.

6조 사격이 막 끝났을 무렵까지도 어디로 가출했는지 만발자는 나오지 않고 있다.

대대장과 포대장의 심정으로는 만발을 맞추는 병사가 있으면 한 달 포상 휴가라도 주고 싶은 기분이었지만, 문제는 남은 인원은 이제 단 한 명밖에 없다는 것이다.

이도훈!

그가 사격장에 들어선다!

"오호……."

군단장이 상당히 흥미로운 시선으로 마지막 남은 병사를 지켜본다.

"그러고 보니 7조는 이도훈 한 명밖에 없더군."

"그, 그렇습니다!"

연대장의 기교 섞인 사격 인원 배치의 결과물이다.

일부러 이도훈을 통해 군단장의 시선을 사로잡기 위한 일종의 장치를 심어둔 것이다.

사단장이 몰래 엄지손가락을 치켜들며 잘했다는 신호를

보내자, 연대장의 얼굴에 웃음이 묻어 나오기 시작한다.

하지만 게임은 지금부터 시작이다.

"과연, 저 녀석이 이 날씨에도 만발을 맞출 수 있을까?"

군단장의 질문에 순간 간부진들은 침묵으로 일관할 수밖에 없었다.

최악의 날씨.

사실 진급 시험을 보는 이들 중에서도 예전부터 만발을 종종 맞추곤 했던 실력자들이 다수 포진되어 있었다. 그럼에도 불구하고 지금 이 사격 훈련에서는 만발자가 단 한 명도 나오지 않았다.

그만큼 지금의 날씨 조건이 최악이라는 사실을 반증하는 게 아닐까 싶다.

그 상황 속에서 이도훈이 당당하게 사격을 하기 위해 사로에 들어선다.

"1사로!"

당당하게 자신이 배정받은 사로를 외친 도훈이 천천히 맨 끝에 있는 1사로에 진입한다.

기상조건은 최악.

아무리 노력해도 이 기상조건을 극복할 방도는 없다. 그저 최선을 다해서 쏠 뿐!

"……."

도훈의 시선이 멀찌감치 올라오는 각 사로의 표지판을 향한다.

흰색 사람 상반신 모양으로 되어 있는 각 표지판이 올라오는 것에 맞춰 사격을 하면 된다.

제대로 맞았다고 판단될 경우, 표지판이 자동적으로 넘어간다.

'어렵구만……'

제아무리 도훈이라 하더라도 이렇게 긴장되는 경우는 처음이다.

군단장 앞에서 단독 사격이라니. 손에 땀이 나기 시작하는 것을 억지로 무시하며 시선을 집중한다.

"준비된 사수로부터 사격 개시!!"

포대장의 우렁찬 말에 도훈의 시선이 막 올라온 표적판을 확인한다.

'100사로……!'

가장 가까운 사로 표적판이 올라왔다. 맞추기에는 그다지 어렵지 않은 표적이기에 도훈은 우선 표적판의 가슴 부근에 시선을 맞추고 방아쇠를 당긴다.

타— 앙!

총성 한 발이 사격장에 가득 울리기 시작한다.

점점 굵어지는 빗방울을 뚫고 울려 퍼지는 총성.

첫 발이 가장 중요하다.

날아가는 탄환이 빠른 속도로 회전하며 애써 바람을 무시한다.

그리고…….

'맞았다!'

아슬아슬하게 표적판이 쓰러진다.

하지만 마냥 기뻐할 수는 없었다.

'표적판의 오른쪽에 살짝 맞은 건가… 수정해야겠군.'

바람에 의해 도훈이 의도한 대로 탄환이 날아가지 않는다. 그렇다면 자체적으로 영점 사격을 하듯 클리크를 가정해서 수정하는 방법밖에 없다.

'왼쪽으로 조금 비키듯이 쏜다!'

다음 올라온 표적판은 250사로!

가장 멀리 있는 표적판이기에 맞춰야 하는 범위도 지극히 한정적이다.

최대한 눈을 크게 뜨고 집중에 집중을 선보인다.

호흡을 잠시 멈추고, 두근거리는 심장을 진정시킨다.

그리고 이어서 두 발째…….

타앙!

또 한 번의 총성이 사격장을 채워갈 무렵이었다.

맥없이 쓰러지는 250사로 표적판을 보고 도훈이 쾌재를 부를 수밖에 없었다.

'좋아, 감 잡았다!'

앞으로 남은 18발을 전부 맞춰야 한다는 부담감이 있지만, 자신감이 붙은 도훈으로서는 그런 부담감조차 큰 문제가 되지 않는다.

연이어 10발이 넘게 쏘는 동안 깔끔한 성공을 보여주는 도훈을 바라보며 군단장이 슬쩍 미소를 짓는다.

"제법이군……."

사실은 군단장도 잘 알고 있다.

이 상황 속에서 만발을 맞추는 것이 얼마나 어려운지를 말이다.

실제로도 도훈의 바로 앞에 사격을 시행했던 19명 중 한 명도 만발자가 없지 않았는가.

게다가 대대장에게 들은 바로는, 그들도 나름 우수한 사격 실력을 갖추고 있는 병사들이라고 들었다.

그럼에도 불구하고 만발자가 나오지 않았다는 것은, 지금 상황에서 만발을 맞추는 건 보통 실력으로 할 수 있는 수준이 아니라는 뜻이다.

하지만 도훈은 불가능을 가능으로 만들고 있었다.

마지막 총성이 울릴 무렵.

사격 만발!

20발째 탄환이 마지막 100사로 표적판을 쓰러뜨리자, 도훈보다도 더 기뻐하는 마음으로 소리치는 제1포대 병사들의 함성 소리가 울려 퍼진다.

"나이스, 이도훈!!"

"씨발, 정말로 만발을 맞추냐!"

"역시 군대 마스터!!"

도훈의 성공은 곧 제1포대의 성공이기도 하다.

왜냐하면 군단장님이 보고 계시니까 말이다.

포대장과 대대장은 감동의 눈물마저 흐를 정도의 기분을 만끽할 수밖에 없었다.

그토록 기원하고 바라왔던 만발자의 등장이다!

도훈이 사격장을 나서면서 동시에 K—2 소총을 들어 보이자, 다시 한 번 제1포대 인원들의 함성 소리가 들려오기 시작한다.

사격장 영웅의 탄생!

그게 바로 일병, 이도훈이다.

아니, 이제 진급 시험을 자랑스럽게 통과했으니 이도훈 상병 아니겠는가.

"야, 씨발! 나, 그때 진심으로 소름 돋았다. 진짜로."

금일 저녁 점호 시간.

옹기종기 모여 있는 하나포 분과 속에서 철수가 승주에게 오늘 펼쳐졌던 도훈의 위대함(?)을 침을 튀기면서 설명해 주고 있었다.

"바람이 좆나게 많이 부는 상황에서도 어떻게 만발을 맞출 생각을 다 하냐. 진짜 너, 직업군인 안 하냐?"

"시끄럽다, 임마. 왜 니가 더 호들갑이야."

도훈이 이제는 지겹다는 듯이 철수를 발로 밀어낸다.

커다란 덩치가 도훈의 발에 쭈욱 밀리면서 한쪽 구석으로 밀려 나간다.

한창 분대장 수첩을 정리하고 있던 한수가 예상이라도 했다는 듯이 고개를 끄덕이면서 말한다.

"안 그래도 대대장님이나 포대장님도 조금 있다가 군단장님이랑 이야기 끝나시면 너한테 포상이라도 하나 줘야겠다고 말씀하시더라."

"아싸!"

잠자코 얌전히 있던 도훈이 두 손을 불끈 쥔다.

포상을 준다는데, 그 누가 싫다고 거절할 수 있겠는가.

이로써 또다시 포상휴가 하나 획득. 점점 늘어나는 포상휴가들에 도훈은 그저 행복한 미소를 지을 수밖에 없었다.

"역시 대단하십니다, 이도훈 일병님!"

승주가 도훈의 업적을 듣고서 감동받았다는 듯이 찬양하기 시작한다.

도훈이 이룩한 전설은 이미 승주도 오며가며 대부분 들은 상태였다.

훈련소에서 보여줬던 수류탄 사건 해결, 그리고 자대 내에서는 김대한 병장과 함께 월북자를 잡은 사건도 있었다.

이미 군대 내에서는 유명인사가 되어버린 도훈이었기에 그의 업적을 모르는 건 123대대 인원이 아니라는 말과도 같을 정도가 되었다.

"야, 이도훈. 너, 쟁여놓은 포상휴가가 도대체 몇 개나 되냐?"

"몰라. 안 세어봤다."

"크~ 과연 이도훈! 좆나게 쿨하네."

나중에 포상휴가를 따로 정산해 봐야 할 정도로 도훈에게는 포상휴가가 많이 쌓여 있다.

"하나 주랴?"

"진짜?!"

"백 만원에 포상휴가 4박 5일짜리 하나 판다."

"…짜증나는 놈이구만."

포상휴가 시세를 마음대로 조절하는 것도 포상휴가 소유자의 마음 아니겠는가.

한창 그렇게 담화를 열고 있을 무렵, 점호 시작을 알리는 방송이 시작된다.

그리고 이윽고 등장한 것은 오늘 당직이 아닌 제1포대장.

"어험."

헛기침으로 모두의 시선을 모은 포대장이 병력들에게 이제 남은 대규모 이벤트인 부대 이전 행사에 대해 언급한다.

"내일모레 있을 포대 이전 행사에… 군단장님도 참가하신다고 한다."

"……!!!"

산 넘어 산이라 했던가.

오늘 보면 이제는 안 볼 거라 생각했던 군단장이 이제와서 부대 이전 행사까지 동참한다는 엄포를 늘어놓았나 보다.

하기야 생각을 해보면 단순히 군단장이 대대급 사격 따위를 보기 위해 왔을 리가 없지 않겠는가.

분명 또 다른 목적이 있기에 여기까지 몸소 행차를 했을 것이다.

"그리고 이도훈."

"일병 이도훈!"

"점호 끝나고 잠깐 나를 따라오도록."

"예, 알겠습니다."

"그럼 나머지는 오늘 수고했으니까 곧장 취침한다. 알겠나."

"예!"

포대장의 말이 끝나자마자, 도훈이 슬리퍼를 신고 곧장 포대장의 뒤를 따른다.

행정반에 들어서자, 도훈은 순간 기겁을 하며 거수경례를 할 수밖에 없었다.

"태풍!!!"

"음, 그래."

행정반에 있는 인물은 다름 아닌 사단장.

"오! 이도훈. 오랜만이다."

오늘 사격장에서 보긴 했지만, 이렇게 직접적으로 보는 것은 실로 오랜만이다.

도훈도 그 점을 알고 있기에 추임새만 넣어주는 쪽으로 적당히 사단장의 말에 반응을 해준다.

"예, 오랜만에 뵙습니다."

"그동안 잘 지냈나 보구나. 이제 상병이라지?"

"이번 달부터 진급하게 되었습니다."

"얼마 안 남았군그래."

사단장이 도훈을 한번 쭈욱 훑어본다.

처음 만났을 때와는 묘하게 어른스러워진 도훈의 풍채.

물론 첫 만남에서도 비범한 녀석이라는 생각은 하곤 했지만, 지금은 날로 갈수록 알 수 없는 아우라의 농도가 더더욱

짙어지고 있었다.

"다름이 아니고, 아까 군단장님께서 네가 사격 만발을 맞추시는 걸 보고 작은 포상을 하나 주라고 하더구나."

"포상……."

"포상휴가도 좋고, 아무거나 좋으니 한번 말해보거라."

사단장의 말에 잠시 고민을 해보는 이도훈.

솔직히 포상휴가가 너무 많다. 도훈이 자신이 가지고 있는 포상휴가를 다 기억하지 못할 정도로 많으니까 이미 할 말은 다 끝난 것이다.

하지만 그렇다고 포상을 안 받을 수도 없는 노릇.

잠시 고민을 하던 도훈이었으나.

이내 나름 괜찮은 해결방안이 떠올랐는지 사단장에게 한 가지 제안을 한다.

"포상휴가가 아니더라도 다른 것도 가능합니까?"

"말해보거라."

사단장의 말에 도훈이 자신이 생각하고 있던 대안을 말해준다.

"분대원들과 함께 단체로 외박을 하고 싶습니다!"

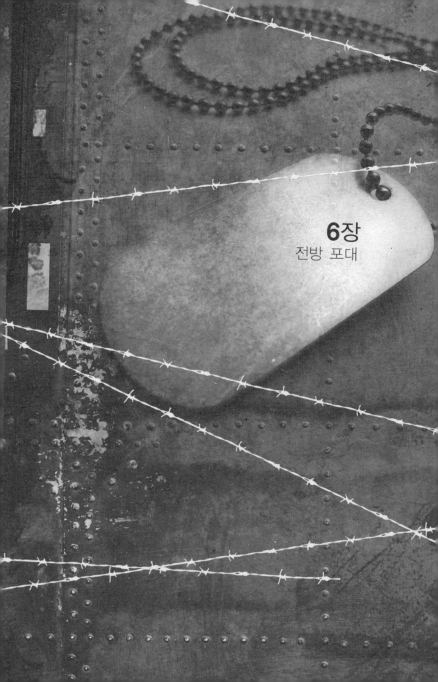

6장
전방 포대

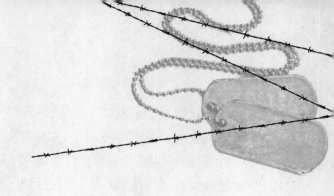

"우리 분과, 외박 나갈 수 있는 거냐?!"

철수가 두 눈을 휘둥그레 뜨며 도훈에게 엄지손가락을 추켜올린다.

"역시 이도훈! 전우를 위하는 그 마음 때문에 사나이 눈물이 흐를 뻔했다!"

"흘리지 마라. 그 순간에 너한테 코피를 흘리게 할 수도 있으니까."

철수의 손을 떼어내며 혀를 차는 이도훈.

사실 분과 외박을 신청한 것은 철수에게 좋으라고 한 것이 아니다.

승주가 자대에 전입해 온 지도 얼마 안 됐다.

그렇기 때문에 기왕 이렇게 된 거, 이도훈이 같이 나가 미연에 사고를 방지하겠다는 의미가 가장 크다.

그리고 승주도 아직 입대하고 난 이후에 바깥공기를 마시지 못했으니까 말이다.

나름 후임을 위한 선임의 배려심이라는 사실을 눈치챈 한수가 혼자만의 생각을 품으며 도훈을 바라본다.

'역시… 대단한 놈이야.'

벌써부터 후임을 챙길 생각부터 하다니.

하기야 포상휴가가 많으니 그만큼 여유도 많아서 승주를 생각하는 마음이 우러나오는 경우가 있을 수도 있지만, 자신이 포상휴가를 받을 수 있는 기회를 분과 외박으로 돌린 것에 대해서는 한수도 솔직히 말해서 감탄스러울 수밖에 없었다.

후임에게 과감히 포상휴가를 양도해 주는 남우성이라는 존재도 있기 때문에 도훈의 선행이 크게 빛을 보는 건 아니지만, 그렇다고 도훈의 선행이 미약하다고 볼 수는 없다.

'나중에 포상휴가 하나 챙겨 주든가 해야겠다.'

분대장 수첩에 오늘 있었던 일을 미리 메모해 둔 한수는 분과에게 포상휴가가 하나가 떨어지면 도훈에게 챙겨 주리라 마음을 먹는다.

그리고 드디어 포대 이동 당일.

"하나포!! 준비 다 끝났냐!!"

하나포 포상 앞에 5톤 트럭을 주차시킨 이대팔이 육중한 몸을 바깥으로 내밀며 묻자, 한수가 오케이 사인을 보낸다.

"준비 다 끝났습니다!"

"오케이! 그럼 난 화장실 좀 후딱 갔다 오마!"

이대팔이 훌쩍 차에서 뛰어내리며 후다닥 화장실로 직행한다. 어제 PX에서 사 마신 바나나 우유가 상했던 것이라나 어쨌다나.

잠시 이대팔이 자리를 비우고 있을 무렵, 최종 점검을 위해 포상으로 내려온 우매한이 한수를 부른다.

"준비는 다 끝났나?"

"예, 사격기재 다 옮겨 실었고, 이제 포를 포차에 걸기만 하면 됩니다."

"개인 짐들은?"

"다 싸뒀고, 이제 다른 포차에 옮겨 싣기만 하면 끝날 거 같습니다."

"알았다. 여기는 내가 보고 있을 테니까 개인 짐들 챙겨라."

"예! 알겠습니다!"

우매한이 잠시 포상을 봐주는 동안, 한수가 하나포 인원들을 이끌고 개인 짐들을 챙겨 내려오기로 한다.

휴가를 나가 있는 말년들 개인 물품이라든지 개인 장구류 등은 이미 말년휴가를 나가기 전에 정리를 해뒀음으로 인해서 범진과 재수의 물품을 따로 챙겨줄 필요는 없었다.

말년휴가 직전, 재수가 한수에게 말해서 미리 말년병장들 물품을 처리하게 만들었기 때문이다.

역시 포대의 브레인이라고 할까. 재수의 선견지명에 한수는 다시금 감사의 마음을 표시할 수밖에 없었다.

만약 재수가 그런 계획을 행동에 옮기지 않았다면, 하나포는 꼼짝없이 자리에 없는 2명분의 짐까지 책임져야 하는 부담감을 짊어지게 되기 때문이다.

"역시 안재수 병장님이라니까."

철수가 생활관으로 와서 자신의 군장과 더블백을 들쳐 메며 말한다.

"이런 것도 미리 다 예견하고 싹 정리한 채로 휴가를 나갔으니 말이야."

"그러게 말이다. 나중에 안재수 병장님 전역하면 포대의 브레인은 누가 도맡아 할지가 더 궁금하다."

도훈에게 말했던 철수의 말을 한수가 대신 대답해 준다.

그러자 도훈이 거침없이 승주의 머리를 쓰다듬어준다.

"차기 포대 브레인, 여기 있지 않습니까."

"이, 이병 강승주!"

승주가 어벙한 표정으로 졸지에 자신의 관등성명을 외친다.

그 모습을 보고 있던 철수가 킥킥 웃으며 말한다.

"얌마. 아직 어리바리만 타는 이등병이 뭘 알겠냐."

"그래도 철수, 너보다는 A급처럼 보이니까 괜히 시비 걸지 않는 게 좋겠다."

한수의 말에 철수가 금방 주눅이 든다.

"너무하십니다, 한수 상병님. 요즘 들어 저한테 너무 매정하게 구시는 거 아닙니까?"

"잔말 말고 짐이나 옮겨라."

승주의 기억력은 상상을 초월한다.

포대의 브레인이라는 타이틀을 승주가 뒤이어 계승할 것이라는 사실에는 한수도 의심의 여지가 없다.

더욱이, 미래의 기억을 가지고 있는 이도훈이다. 한수나 철수, 그리고 다른 제1포대 인원들은 아직 잘 모르겠지만, 이도훈은 분명 알고 있다.

승주는 재수를 뛰어넘는 포대의 브레인이 될 인물이다.

재수가 계산적인 두뇌 플레이를 선보였다면, 승주는 거의 완벽한 기억력을 앞세워 빈틈없는 지식을 무자비로 선보일 수 있다.

기억력이 좋다는 건 후천적으로 이뤄내기 힘든 메리트니까 말이다.

그 강점을 승주는 지니고 있다. 차기 포대의 브레인이라 불러도 전혀 손색이 없을 것이다.

"여하튼 짐 다 챙겼으면 포차에 실고 슬슬 이동할 준비해라."

"예!"

제1포대 인원들이 이동 준비를 마치고 나서 연병장에 집합을 한다.

다름 아닌 포대 교체식을 하기 위해서다.

"태풍!"

포대장의 우렁찬 목소리와 함께 거수경례를 받아주는 인물은 대대장이 아닌 군단장.

별 3개의 아우라가 뿜어져 나오는 모습에 병사들은 숨이 턱 막히는 기분을 느끼지 않을 수가 없었다.

"오늘 무사히 사고 없이 포대 교체식을 할 수 있도록. 알겠나."

"예! 알겠습니다!"

병력들의 우렁찬 대답에 만족한 듯이 군단장이 고개를 끄덕인다.

"교체식이 끝나면 내 자네들한테 특별히 오늘 저녁, 회식을 열 수 있도록 배려해 주겠다."

"……!!!"

군단장의 말은 곧 법이요, 군인으로서는 어길 수 없는 규율이기도 하다.

회식이라니. 실로 오랜만에 들어보는 회식의 달콤한 단어의 유혹에 병사들의 눈빛이 순간 이채를 띠기 시작한다.

회식이라 하면 공식적으로 술이 허용되고, 압도적인 양을 자랑하는 삼겹살을 섭취할 수 있는 절호의 찬스!

"다들, 힘들지만 끝까지 마무리 잘할 수 있도록!"

"예!!"

드디어 포대 교체식이 끝나고, 본격적인 교체 과정이 시작된다.

레토나에 몸을 실은 포대장에게 무전병이 소식을 전해온다.

"포대장님, 제3포대도 이동 준비 끝났다고 합니다!"

"음!"

오랜만에 포대장으로서의 위엄이 느껴지는 모습으로 목소리를 높인다.

"전 병력에게 전하도록. 지금부터 제1포대도 이동을 시작한다고."

"예, 알겠습니다!'

레토나의 출발을 뒤이어, 이대팔이 운전하는 하나포 전용 5톤이 움직인다.

그 뒤를 따라 남우성이 이끄는 둘포, 그리고 삼포 순으로 움직이기 시작한다.

박스카와 더불어 각종 특수 차량들도 뒤를 이어 열심히 바퀴를 굴리기 시작한다.

연병장을 지나 위병소 입구를 나서는 순간, 철수가 점점 멀어지는 대대를 바라본다.

"아… 뭔가 기분이 왜 이렇게 묘하냐……."

철수의 말에 한수도, 그리고 도훈도 말을 잇지 못한다.

승주는 자대로 전입해 온 지 얼마 되지 않았기에 잘 모르겠지만, 이들은 거의 1년을 넘게 이 대대에서 생활해 왔다.

모처럼 정이 든 새로운 터전인데, 이제와서 떠난다고 하니까 섭섭하지 않을 리가 없다.

"이 기분, 훈련소를 떠날 때의 기분이랑 비슷하지 않냐."

철수의 말에 도훈이 고개를 끄덕여 준다.

이별은 언제나 달갑지 않은 행사다.

이별 뒤에는 새로운 만남이 있다고 하지만, 그 새로운 만남 뒤에는 또다시 이별이 있게 마련이다.

123대대에서 이들은 처음 자대로 전입을 왔고, 김대한 병장이라는 전역자를 떠나보냈다.

그리고 지금은, 이들이 123대대를 떠나게 되었다.

그간 1년의 추억이 묻어 있는 장소가 이제는 점점 멀어져 눈에 보이지 않을 정도로 멀어지자, 철수가 시큰거리는 콧등을 매만진다.

"잘 있어라, 123대대여."

남들이 들리지 않게끔 도훈이 나지막이 속삭인다.

그는 진작부터 부대 이전에 관한 사항을 알고 있었다.

알고 있었기에 대대를 떠나는 것에 대해서도 별로 큰 감흥을 느끼지 못할 것이라 생각했다.

하지만 그건 도훈의 착각이었다.

이별 앞에서 그 사실을 미리 알고 모르고의 차이는 존재하지 않는다.

섭섭한 감정을 지울 수 있는 길은 없기 때문이다.

덜컹거리는 트럭에 몸을 실은 지 채 30분이 지나지 않을 무렵.

"어쩌 점점 더 산골짜기로 들어가냐."

철수가 한탄 섞인 목소리를 낸다.

전방 포대는 GOP와 상당히 인접한 장소에 있다. 민간인

통제구역 바로 입구에 위치한 포대이기에 근처에 민간 건물은 없는 게 당연지사. 보이는 거라고는 초록색과 흙색, 그리고 하늘색뿐이다.

"진짜 자연 친화적인 환경 같습니다."

승주가 솔직한 감성을 털어놓는다.

그의 말마따나 전혀 부정할 방법이 없는 직설적이고 솔직한 표현 방식이라 말을 해도 부족하지 않을 것이다.

네온사인 간판 구경은 이미 포기한 한수였기에 철수와 승주처럼 컬쳐쇼크(?)를 받을 정도까지는 아니었다.

하물며 도훈은 어떻겠는가.

포대 중에서 유일하게 전방 포대 경험이 있는 남자가 바로 이도훈이다. 123대대와의 이별을 뒤로하고 점점 익숙해지는 한적한 도로가 눈에 들어옴에 따라 도훈은 또 다른 기분을 느낄 수밖에 없었다.

'이제 1년 남았다!'

도훈은 군 생활을 정확히 대대에서 1년, 그리고 전방 포대에서 1년을 보냈다.

전방 포대로 부대를 이전한다는 뜻은, 앞으로 도훈의 남은 군 생활이 1년 남짓하다는 뜻이다.

즉, 이제 절반 왔다는 의미이기도 하다.

'앞으로 1년만 더하면 이 지긋지긋한 군대 지옥에서 벗어

날 수 있겠구나.'

1년만 더하게 된다면 도합 총 4년이라는 군 생활을 하게 된 셈이다.

하지만 자신이 전역을 하고 나서 '얌마, 나는 사병 생활만 4년을 했어!' 라고 말해봤자 믿어주는 이가 누가 있으랴. 딱히 증거가 남아 있는 것도 아니라서 그게 더 억울하다.

4년을 버텼는데 알아주는 이가 없다는 건 꽤나 서글픈 일이니까 말이다.

'그래도 소원 1회권을 믿는 수밖에.'

남은 1년만 잘 보내면, 도훈은 차원 관리국으로부터 1회에 한해 보상을 받을 수 있는 권한이 생긴다.

인간의 범주를 뛰어넘는 막대한 보상을 기대하고 있기에 도훈은 지금까지 군 생활을 무난히 잘 버텨올 수 있었다.

전방 포대 이전이 주는 의미는 도훈에게 있어서 커다란 분기점의 의미를 가지기에 상당히 큰 행사라고 표현해도 부족함이 없다.

그리고 그 포대 이전 행사가 드디어 막바지에 이르게 된다!

"태풍!"

전방 포대에서 대기 중이었던 위병소 근무자들이 레토나를 세운다.

포대장이 자리에서 내려 기다리고 있던 제3포대장과 마주

한다.

"태풍!"

"오래 기다렸나?"

참고로 1포대장이 3포대장보다 짬이 더 높다. 1포대장을 보자마자 거수경례로 임하는 3포대장이 활짝 웃으며 말한다.

"아닙니다. 준비는 이상 없이 마쳤습니다."

"그렇군. 곧 있으면 군단장님도 오시니까 알아서 잘 처신해라."

"구, 군단장님……?!"

생판 처음 듣는다는 얼굴로 1포대장을 바라보는 3포대장의 시선.

그러자 1포대장이 어깨를 두들기며 잘하라는 식으로 대답한다.

"나도 전방 포대에서 짱 박혀 생활 좀 해보자."

"……."

"그럼 수고해라."

"아, 알겠습니다."

123대대에서 전방 포대로 이전함으로 인해 얻는 이득은 또 있다.

간부의 입장에서 보자면, 대대장과 자주 마주칠 일이 없다는 것이다.

한마디로 전방 포대에서는 포대장이 절대 갑(甲)이다. 물론 상급자가 순찰을 오지 않는 이상에서 말이다.

연병장에 포차를 일렬로 세운 행보관이 큰 목소리로 외친다.

"잡것들아!! 각 분대장이 분대 통솔해서 정리 들어가라! 가장 먼저 즉각사격준비태세부터 한 뒤에 FDC(사격지휘)에 사격준비 완료 통보부터 하는 걸 최우선시 한다. 알겠냐!"

"예! 알겠습니다!"

"그리고 후딱 한 뒤에 생활관 와서 각 분과별로 어디에 위치할지 배정하겠다. 실시!"

"실시!"

행보관의 빠른 지시와 더불어 병력들이 포차에서 하차하자마자 포상으로 달려간다.

이대팔도 포차를 이끌고 하나포 포상으로 보이는 곳에 포를 안에 집어넣는 정교한 운전 컨트롤을 보여준다.

겉보기에는 뚱뚱하고 둔해 보여도, 운전실력 하나는 수송분과에서도 탑에 꼽힌다. 보기와는 다르게 말이다.

"오라이, 오라이!"

우매한이 손으로 이대팔의 포차를 컨트롤한다.

"깔, 깔, 깔, 깔… 양호!!"

우매한의 컨트롤에 따라 적재적소에 포차를 배치시킨 이대팔에 시동을 끄고 차에서 내린다.

"크! 역시 나의 운전 실력은 하늘 높은 줄 모르는구만!"

출렁이는 뱃살을 자랑하며 하나포 포상 안으로 들어선 이대팔의 자화자찬에 한수가 엄지손가락을 올려준다.

"역시 이대팔 상병님. 최고십니다."

"굳이 그걸 말할 필요가 있나. 이래 봬도 수송분과 에이스다… 그것보다 화장실 좀!"

바나나 우유의 후유증이 아직도 남아 있나 보다.

화들짝 놀란 이대팔이 다시 생활관 위로 뛰쳐 올라가며 바지를 움켜쥔다. 운전 실력은 좋음에는 틀림이 없으나… 사람이 문제다, 사람이.

포상 안을 정리하고 생활관을 빠르게 정리하는 것을 최우선으로 삼는 이들.

일단 사격기재를 다시 원상복구시켜 놓고 사수를 담당하고 있는 한수가 편각을 맞춰둔다.

"철수야."

"예!"

"니가 승주 데리고 올라가서 포차에 있는 짐들 생활관으로 옮겨둬라."

"알겠습니다!"

"도훈이는 나랑 같이 즉각사격준비태세 완료하고."

"예, 알겠습니다."

포상에 남은 도훈이 한수를 도와 사격기재를 정리한다.

우매한도 나중에 합류해서 병사들을 도와주고 난 뒤에, 간략하게 점심식사를 마친 이후 분대장들이 행정반으로 모이게 된다.

"어흠."

분대장들을 앞에 모아둔 행보관이 헛기침을 하며 서두를 연다.

"드디어 니들이 가장 신경 써야 할 '생활관 자리'를 선정하겠다."

분대장들의 시선이 서로를 견제하기 시작한다.

어느 자리를 맡게 되느냐에 따라 앞으로 남은 전방 포대 생활이 달라질 수도 있다.

가장 좋은 자리는 바로 벽쪽 구석자리.

가장 안 좋은 자리는 중간이다.

그리고 예외적으로 좋은 자리는 바로 TV 앞.

각 생활관마다 TV 앞자리가 가장 좋다. 리모컨을 빠른 시간 내에 차지할 수도 있으면서, TV 시청도 좋은 자리를 선점할 수 있기 때문이다.

물론, 계급으로 밀어붙이게 되는 경우에는 예외 사항이긴 하지만 말이다.

"방식은 간단하게 사다리 타기로 한다."

행보관의 말은 곧 병사들에게 있어서 법이나 마찬가지다.

사실 계급으로 밀어붙일 생각을 했던 다른 분대장들은 혀를 차면서 행보관의 처사에 약간의 반감을 표시하지만, 그렇다고 대놓고 반박을 하진 못한다.

"그럼 각자 정해라."

모든 것은 운에 맡기는 수밖에.

모두가 그렇게 생각하며 각자 번호를 정한다.

그리고…….

"TV 앞이다!!!"

1생활관, 그리고 2생활관으로 나눠진 구막사는 1생활관은 전포 분과와 행정 분과, 그리고 2생활관은 통신 분과와 수송, FDC가 들어가게 되었다.

그중에서 2생활관 TV 앞을 차지하게 된 분과는 바로 가장 인원수가 많은 수송분과.

"해냈다!! 보았느냐!!"

수송분과 분대장이 포효를 하기 시작한다. 행정실 바깥에서 수시로 정보를 생활관 내부로 전달해 주고 있던 병사 한 명의 말에 수송분과 전원이 함성을 내지른다.

그러자 행보관이 짜증이 났는지 생활관 내부로 향해 외

친다.

"입 다물라, 잡것들아!!"

행보관의 사자후에 모두가 침묵.

그리고 계속되는 사다리 타기 결과.

"우리는 그나마 벽 쪽인가……."

TV와는 매우 먼 자리이긴 하지만, 그래도 하나포는 벽 쪽이라는 두 번째로 선호되는 자리를 차지할 수 있게 되었다.

불행 중 다행이라는 말이 떠오르게 된다.

한편, 각 분과별 자리를 미래의 지식으로 미리 알고 있던 도훈이기에 한수가 들고 온 결과물에 대해서는 그다지 큰 감흥을 느끼지 못했다.

어차피 정해진 결과다.

"우리끼리 자리나 정해보자."

한수의 말에 모두가 고개를 끄덕인다.

짬 순서대로 따라 가장 벽 쪽은 한수가 차지. 그리고 다음으로는 도훈이 가장 변두리에, 그 옆에는 철수와 승주가 자리를 잡는다.

대충 자리를 정한 이후에 짐을 풀고 개인짐 정리.

저녁이 다 되어가는 시점에서 드디어 오게 된 회식의 시간!

위병소에 등장한 3스타, 군단장의 모습에 잔뜩 긴장한 위병소 근무자들이 세워 총 자세를 선보인다.

레토나에서 내리자, 포대장과 행보관이 헐레벌떡 뛰어온다.

"태풍!"

"정리는 어느 정도 다 되었는가?"

"예!"

"그럼 회식 준비를 시작하지."

군단장의 지시에, 뒤따라온 병사들이 후다닥 회식에 필요한 불판과 각종 고기, 채소들을 연병장에 나열하기 시작한다.

아무것도 없는 횅한 연병장에 순식간에 먹을 것으로 도배되는 모습을 보고 병력들이 탄성을 자아낸다.

"자, 다들 고생들 했으니까 오늘은 마음껏 먹고 마음껏 즐기게!"

군단장의 말에 병력들이 고기 앞에 득달같이 달려든다.

사실 말이 좋아 마음껏이지, 군단장이라는 별 3개짜리가 있는데 그 누가 마음 편이 먹고 즐길 수 있겠는가.

군단장도 그 사실을 알고 있는지, 뒤따라온 사단장과 연대장, 그리고 대대장에게 살짝 귀띔을 한다.

"우리는 행정실에서 간단하게 차나 한 잔 마시고 올까."

"아, 알겠습니다!"

다른 이들도 군단장이 의도하고자 하는 게 무엇인지 즉각적으로 눈치챘다.

계급 차이가 많이 나는 상관이 존재하면, 회식자리를 즐기기 어렵다.

그건 군대뿐만이 아니라 사회생활에도 포함이 되는 내용이다.

군단장의 뒤를 이어 사단장, 연대장, 그리고 대대장까지 자리를 비우자 포대장과 행보관이 한숨을 늘어놓는다.

"자! 이제 마음껏 즐겨보자!"

포대장의 말에 따라 모두가 잔을 든다.

"이 포대장이 선창하면 모두 파이팅이라고 외치는 거다. 알겠나?"

"예! 알겠습니다!"

"알파 포대!"

"퐈이티이이이이잉!!!"

포대장의 말에 따라 병력들이 목소리를 높여 외친다.

행보관도, 그리고 까다로운 통제관과 귀차니즘의 삼포반장, 융통성 없는 우매한과 사단장의 딸이기도 한 유리아도 이 회식자리를 순수하게 즐기기 위해 같이 술을 든다.

하지만 병사들에게는 그다지 많은 양의 술이 할당되지 못했다.

있는 거라고는 맥주가 전부.

"삼겹살에는 소주가 최고인데……"

뭔가 아쉽다는 듯이 맥주를 들이켜는 철수의 한탄 소리였지만, 철수도 맥주라도 있는 게 감지덕지하다는 것을 너무나도 잘 알고 있다.

그 한탄을 들었는지, 행보관이 껄껄 웃으면서 철수에게 말한다.

"김철수."

"일병 김철수!"

"맥주잔 내놔봐라."

"…잘못 들었습니다?"

"들고 있는 맥주 캔 줘보라고, 잡것아."

"아… 예!"

마시던 것을 왜 굳이 달라고 할까. 그런 생각이 들은 철수였지만, 이내 곧 그 의문은 사라지게 된다.

"이거 받아라."

행보관이 다시 철수에게 받았던 맥주 캔을 되돌려준다.

딱히 행보관이 맥주를 마시기 위해 철수의 맥주캔을 달라고 한 것도 아닌 거 같다. 아니, 오히려 맥주캔 안에 들어 있는 내용물이 더 가득 차서 온 듯한 그런 기분이 들 정도였으니까.

설마 하는 생각으로 살짝 맥주캔에 담긴 음료를 맛본 철수가 순간 동공이 커진다.

"이, 이건?!"

맥주캔에 들어 있어야 할 맥주는 온데간데없이 사라지고, 대신 그 자리에 소주가 가득 차 있는 게 아닌가!

철수만이 아니라, 분과별로 소주가 가득 담긴 맥주캔을 돌린 행보관이 껄껄 웃으며 말한다.

"잡것들아, 그동안 123대대에서 고생하느라 수고했다고 이 행보관이 특별히 주는 선물이니까 그냥 모른 척하고 마셔라. 알겠나."

"역시 행보관님!"

"최고십니다!"

병사들이 입을 모아 행보관을 칭찬하자, 행보관은 오히려 이들에게 목청을 높인다.

"그러니까 평소에 잘들 해라. 특히나 말년들! 알겠냐!"

"예!"

말은 그렇게 하지만, 행보관도 기분이 좋은지 맥주캔에 담긴 소주를 기울인다.

한편, 술을 마시고 있던 우매한이 조용히 하나포를 호출한다.

"자, 하나포 모여 봐라."

우매한이 하나포 인원들을 모으면서 맥주잔을 든다.

"123대대에서 고생하느라 수고했다. 그리고 앞으로 전방 포대에서도 계속 고생할 것을 생각하면서 오늘은 한잔 진하게 기울이자."

"얼～ 하나포 반장님, 그런 말씀도 다하실 줄 아셨습니까?"

철수가 은근슬쩍 우매한의 옆구리를 팔꿈치로 쿡쿡 찌르며 말하자, 우매한이 철수의 머리를 쥐어 박아버린다.

"이것이 포반장을 어떻게 생각하는 거냐."

"헤헤헤. 그래도 훈련소에 있을 때보다 많이 물렁해지셨습니다?"

"이놈이 취했나. 어쨌든, 고생 정말 많았다. 한수도 그렇고, 철수나 승주도 그렇고. 특히 이도훈."

"일병 이도훈!"

우매한의 부름에 도훈이 자신의 관등성명을 외친다.

"훈련소 시절 때부터 솔직히 말하자면 다시 이렇게 못 만날 줄 알았는데… 이제와서 손발을 맞추게 된 것에 대해서는 나도 개인적으로 기대를 많이 하고 있다."

"아닙니다, 포반장님. 저는 포반장님과 다시 만날 수 있을거라 생각했습니다."

"그것도 네 특유의 군대 감각에서 우러나온 예측인가?"

"아닙니다."

도훈이 맥주캔에 담긴 소주를 기울이며 말한다.

"그저… 희망사항이었을 뿐입니다."

우매한을 만나게 된 것도, 그리고 철수와 같은 분과가 된 것도.

유리아가 자신의 포대에 전포대장으로 오게 된 것도.

다 피드백에 의한 비정상적인 결과물들이다.

하지만 도훈은 이 결과물이 결코 안 좋은 방향으로 흘러갈 거라고는 생각하지 않는다.

인연이란 것은 언제, 어디서고 소중한 보물이니까 말이다.

줄기차게 술에 취한 병력들이 일찌감치 취침을 하기 위해 자리에 들기 시작한다.

도훈도 막 취침에 임하려던 찰나.

"많이 마셨나, 이도훈."

"태, 태풍!"

생활관에 막 들어가려던 순간에 도훈의 발목을 잡은 인물은 다름 아닌 3스타, 군단장이었다.

"이렇게 직접 단둘이서 보게 되는 것은 처음 아닌가."

"자, 잘 모르겠습니다!"

"허허. 요놈 봐라. 사단장 앞에서는 긴장도 안 하던 녀석이 내 앞에서는 긴장을 하네."

투 스타와 쓰리 스타가 어디 비교가 되겠는가.

별 하나 차이는 매우 크다. 그건 아마도 본인들이 가장 잘 알 터.

"네 명성은 익히 잘 들어서 알고 있다. 유리아뿐만이 아니라 사단장도 네 칭찬을 그리도 많이 하니까 말이다."

"아닙니다!"

"그래서 하는 말인데."

군단장이 주변을 슬쩍 둘러본다.

아무도 없음을 확인한 군단장이 도훈에게 직설적으로 말한다.

"자네, 간부 지원할 생각 없나?"

"……!"

사단장에게 이미 간부 지원 제안을 받은 적은 있으나, 군단장에게 간부 지원 제안을 받은 것은 처음 있는 일이다.

"사실 나는 자네가 매우 탐나네. 요즘 젊은이들과는 달리 기개라는 게 느껴진단 말이야. 게다가 능력도 출중하지. 안 그런가?"

"과, 과한 칭찬이십니다!"

"나는 순수하게 객관적인 시선으로 자네를 평가한 거네. 만약 자네가 간부 지원을 하게 된다면, 내 손이 닿는 데까지 밀어주겠네."

군단장의 말은 청천벽력과도 같은 의미를 내포한다.

천하의 군단장이 밀어준다는데, 그 누가 거절하겠는가.

군단장의 제안에 도훈은 이렇게 말할 수밖에 없었다.

"잠시… 고민 좀 해봐도 되겠습니까?"

"언제든지. 그럼 좋은 소식을 기대하고 있겠네."

그렇게 말한 군단장은 다시 행정반으로 들어간다.

일생일대의 기회란 것은 바로 이런 것을 두고 하는 말이 아닌가.

"…오늘은 편히 잠자긴 다 틀렸구만."

도훈은 자신의 짧은 머리를 긁적일 수밖에 없었다.

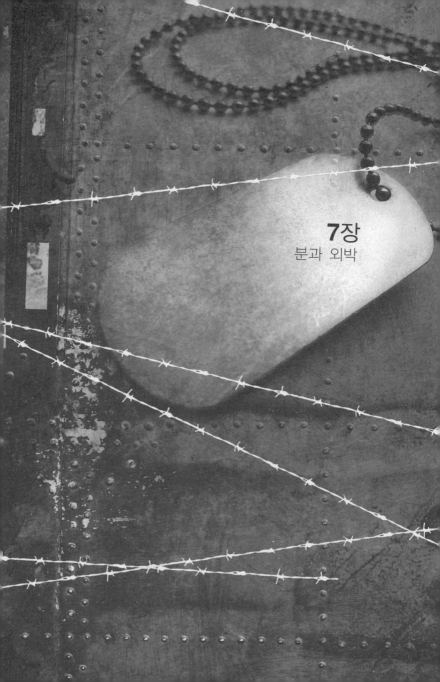

7장
분과 외박

　군단장이 지켜보는 가운데에 사격 만발이라는 위엄을 이뤄낸 도훈 덕분에 하나포 인원들은 오늘 하루, 분과 외박을 나가게 되었다.

　아직 전방 포대에 입성한 지 얼마 지나지 않았지만, 그래도 군단장이 보장한 약속이기에 만사를 제치고 하나포 분과 외박을 성사시켜 줘야 하는 것이 바로 제1포대 포대장의 입장이다.

　행정반에 일렬로 늘어선 하나포 분대원을 대표로 한수가 포대장에게 거수경례를 한다.

"상병 한수 외 3명, 분과 외박 갔다 오겠습니다!"

"…그래, 잘 갔다 와라."

"예!"

포대장은 요즘 전방 포대로 부대를 이전한 탓에 정신이 없었다.

각종 서류 자료를 처리해야 하는 입장인지라 죽을 맛인 것이다.

물론 부대 내에서 포대장을 제외하고 또 다른 장교이기도 한 유리아 역시도 마찬가지.

머리카락은 윤기 대신 푸석함을 가득 담았고, 여성이지만 지금은 눈가 밑에 다크서클이 가득하다.

제대로 씻지도 못했는지 간신히 막사 바깥으로 기어 나온 유리아가 이제 막 외박을 나가려는 도훈과 마주치자, 황급히 전투모를 눌러쓴다.

"외, 외박 나가는 길인가 보네."

"예, 그렇습니다."

"…잘 다녀오고."

"예!"

마음 같아선 유리아도 감시라는 명목하에 따라서 나가고 싶지만, 방금 언급했다시피 제1포대 간부들은 지금 전방 포대 이전 때문에 죽을 맛이다.

장교뿐만이 아니라 부사관들 역시도 행보관의 지휘 아래에 병사들과 같이 부대를 전체적으로 정비하는 중이다.

　주말임에도 불구하고 부대 정비를 해야 하는 제1포대를 향해 철수가 고개를 절레절레 흔든다.

　"지옥이구만, 지옥이 따로 없어."

　군대에서 자고로 지옥이란, 주말에도 평일처럼 일과 시간을 보내야 한다는 것을 뜻한다.

　가뜩이나 주말에 쉬는 것도 쉬는 게 아닌 곳이 바로 군대인데, 거기에 일까지 해봐라. 통째로 주말이 다 날아가는 셈이다.

　"그래도 우리는 외박 나가서 다행이지."

　한수가 진심으로 다행이라는 듯이 말하자, 철수가 씨익 웃으며 도훈의 어깨를 툭 친다.

　"이게 다 군대 마스터 덕분 아닙니까."

　"너를 위해서 단체 외박을 신청한 게 아니라니까 그러네."

　도훈이 퉁명스럽게 철수의 말을 끊어버린다.

　아직 바깥 공기를 제대로 맡아본 적이 없는 승주를 배려해서 단체 외박을 신청한 것인데, 철수만 하이 텐션이다.

　승주가 감정표현 자체가 많은 남자가 아닌지라 그다지 겉으로는 티가 잘 나지 않지만, 그래도 이도훈의 배려에 기쁜 마음이 한가득한 것은 사실이다.

입대 이후 오랜만에 민간 사회와 접하게 되는 이 순간이 승주에게는 꿈과 같이 다가온다.

"철수야."

"예!"

한수가 철수를 호명하자, 기다렸다는 듯이 대답하는 철수.

"택시 불렀냐?"

"예! 방금 콜택시 불렀습니다. 20분 뒤에 위병소 앞으로 온답니다."

"그래, 알았다. 그럼 15분 뒤에 생활관에 집합해 있어라."

"알겠습니다!"

전방 포대로 이전하면서 불편한 점이 바로 이것이다.

워낙 시내와 멀리 떨어진 탓에 이렇게 콜택시를 부르지 않는 이상, 나갈 수 있는 수단이 거의 없다는 것이다.

대부분은 레토나를 통해서 마을버스를 탈 수 있는 정류장까지 데려다주기로 되어 있지만, 지금 부대는 전방 포대 이전 덕분에 혼돈의 카오스다.

수송분과 역시도 차량이 아직 다 정비되지 않았다는 이유로 함부로 차를 움직이지 말라는 의미로 배차가 나오지 않았다.

덕분에 본의 아니게 콜택시를 부르게 된 이들은 15분 뒤, 각자 외박에 나갈 때 필요한 물품들을 정리하면서 시간을 보내게 된다.

한창 물품 리스트를 정리하고 있을 무렵.

"도훈아."

"무슨 일이십니까? 이대팔 상병님."

볼록한 배불뚝이, 이대팔이 자신의 배를 쓰다듬으며 다가온다.

"나갈 때 뭐 좀 하나 사다주면 안 되겠냐?"

"말씀만 하시면 뭐라도 사다드리겠습니다. 아, 물론 선금입니다."

"쳇, 짠돌이 녀석."

이대팔이 어쩔 수 없다는 듯이 현금으로 돈을 건네준다.

건네준 돈은 총 2만 원.

"뭐기에 이리도 많이 주시는 겁니까?"

"그야……."

주변에 간부들이 있는지 살펴본 이대팔이 작은 목소리로 말한다.

"성인잡지."

"……."

"사주면 나중에 복귀했을 때 너도 보여주마. 어떠냐?"

"…욕망에 충실하신 분 같습니다. 이대팔 상병님은."

"얌마, 이 돈이 내 개인 돈인 줄 아냐? 수송분과 분과 운영

비라고, 이거."

"말을 바꾸도록 하겠습니다. 이대팔 상병님이 욕망에 충실한 게 아니라, 수송분과 전원이 욕망에 충실한 거라고 말입니다."

"성욕은 남자의 근본이지, 암. 그렇고말고."

엄지손가락을 추켜올리며 말하는 이대팔을 마냥 욕할 수는 없다.

왜냐하면 이도훈도 나중에 성인잡지라면 충분히 볼 생각이 있기 때문이다.

그리고 위병소 앞에 도착한 하나포 인원들.

마중을 나온 우매한이 한수에게 말한다.

"분대원들 잘 통솔해서 사고 없이 복귀해라."

"걱정하지 마시기 바랍니다, 하나포 반장님."

"그래, 너라면 충분히 믿음이 가긴 한다."

하나포는 대대로 분대장이 착실하고 성실한 병사가 도맡아 하기로 유명하다.

물론 그중에서 김대한은 특이한 케이스로 손꼽힌다. 김대한이 성실하다는 이미지보다는 우매한 이전의 하나포 반장처럼 귀찮음과 자유방임주의 가득한 병사 이미지가 강하니까 말이다.

그리고 앞으로 분대장을 달게 될 이도훈도 성실한 이미지… 라기보다는, 비정상적으로 완벽한 병사라는 이미지가 강하다.

어쨌든 이런 하나포지만, 특별히 문제를 일으키진 않는다.

그래서 분과 외박도 굳이 군단장이라는 엄청난 외압이 아니더라도 만약 가능하다면 허락해 줄 예정이었을 것이다.

"아그들아, 타자!"

한수가 맨 앞자리에 탄 뒤에, 철수가 승주와 도훈을 향해 외친다.

덩치가 가장 큰 철수가 가장 안쪽에, 비실이라고 불리는 승주가 가운데에, 그리고 마지막으로 도훈이 택시에 탑승한다.

"시내로 가주세요."

한수의 말에 택시기사가 하나포 인원들을 둘러보며 묻는다.

"외박 나가나? 좋겠네."

"하하하! 이게 휴가라면 참 좋겠지만 말입니다."

철수가 택시기사의 말을 재치 있게 받아준다.

분과 외박이 아닌 휴가였으면 얼마나 좋을까. 말 그대로다.

"나도 젊었을 때, 그러니까 군대에 있을 때도 휴가 엄청 나가고 싶었지. 물론 그때는 지금 젊은이들처럼 2년 복무기간이 아니었지만 말이야. 하하! 오랜만에 옛날 생각나는구만!"

택시기사가 화끈하게 액셀을 밟으면서 자신의 군 생활 이야기를 털어놓기 시작한다.

　그렇게 택시기사 아저씨의 과장 100% 섞인 군 생활 체험기를 들으면서 시내에 도착한 도훈과 일행들.

　"사회의 공기로구나."

　폐 가득히 공기를 흡입한 철수가 두 팔을 벌리며 자유를 만끽한다.

　군복을 입고 있지만, 이들은 오늘 하루만큼은 민간인과 다름이 없다.

　"일단 뭐 좀 먹자."

　"한수 상병님이 사는 겁니까?"

　은근슬쩍 몰아가기 위해 철수가 살며시 운을 띄운다.

　기다렸다는 듯이 도훈이 철수의 말을 받아준다.

　"분대장님이 쏘셔야 하지 말입니다."

　도훈과 철수의 찰떡궁합 파트너력에 한수가 어이가 없다는 표정으로 이 둘을 바라보다가 이내 피식 웃는다.

　"얌마, 나도 그렇게 쪼잔한 사람 아니다. 사줄 테니까 걱정하지 말고 먹고 싶은 거 있으면 말해라."

　"저는 돈가스 먹고 싶습니다!"

　철수가 먼저 자신이 먹고 싶은 것을 말하자, 뒤이어 도훈도 돈가스에 한 표를 던진다.

"승주, 너는 뭐 먹고 싶냐?"

한수의 질문에 승주가 잠시 우물쭈물거리기 시작한다.

진짜로 먹고 싶은 것을 말해도 되는 걸까.

아직 신병인 탓에 이런 면에서는 강심장이 아니다.

승주의 심적인 갈등을 눈치챘는지, 한수가 승주의 전투모 챙을 살짝 친다.

"눈치 보지 말고 편히 말해라. 한두 번 있는 기회가 아니니까."

"그, 그럼 저도 돈가스 먹겠습니다!"

"돈가스로 결정이구만. 먹으러 가자!"

"예!"

한수의 뒤를 따라 하나포 인원들이 나란히 시내를 걸어간다.

먹고 싶은 음식들, 그리고 보고 싶었던 영화라든지 피시방.

하지만 그중에서도 유독 이들의 시선을 끄는 것은 다름이 아닌…….

"야… 씨발, 저 여자 옷차림 죽이는구만."

방금 이들의 곁을 지나간 핫팬츠 차림의 20대 여성을 바라보던 철수가 목소리를 낮추고 한 말이었다.

여름이라 그런가. 한껏 노출도가 심한 복장들이 시내 안에서 아무런 거리낌 없이 시야에 들어온다.

특히나 남자들만 득실거리는 군부대 내에서 있다 보니 여자에 더더욱 고픈 이들일까. 젊은 여자를 보기만 해도 절로 시선이 돌아가는 것은 말할 필요도 없고, 일반 여자만 봐도 연예인이라도 목격한 듯한 착각마저 들고 있다.

승주 역시도 마찬가지.

"여, 여자……!"

침 넘어가는 소리가 다른 분대원들에게 다 들릴 정도다.

"야, 승주야. 너 그러다가 안마방이라도 갈 기세다?"

"아, 안마방! 가도 됩니까?!"

"어허, 이놈 봐라. 아직 선임들이 아무런 허락도 하지 않았는데 벌써부터 안마방 생각하냐?"

"죄, 죄송합니다!"

성욕은 남자의 근본.

이대팔이 했던 말을 상기시키던 도훈이 자신의 이등병 시절을 떠올린다.

모처럼 외박을 나왔는데, 여자와 같이 밤을 지새우지 않으면 얼마나 억울할까.

게다가 한 번 이렇게 갔다 오면 당분간은 딸감(?)으로 삼을 수 있다.

"안마방 이야기는 그만두고, 우리도 슬슬 미리 방 잡아놓자."

역시 분대장이라고 할까.

외박도 추진력 있게 계획을 잡기 시작한 한수의 말에 따라 모두가 먼저 근처에 있는 모텔로 향한다.

최대한 모텔비를 아끼기 위해서 2인실을 잡고, 4명이서 자기로 합의한 이들.

"가위바위보에서 진 사람이 바닥에서 자는 걸로 할까."

한수의 제안에 도훈이 고개를 절레절레 흔든다.

"한수 상병님은 침대에서 주무시는 게 좋지 않겠습니까? 아무래도 최고선임이신데……."

"얌마. 외박 나왔는데 선임 후임이 어디 있나. 공평하게 가위바위보로 정한다. 알겠나."

"예! 알겠습니다!"

"그럼… 가위바위보!"

"보!!"

한수의 선창에 따라 다른 인원들이 제각각 자신의 무기(?)를 내민다.

그 결과.

"엇……."

승주가 잠시 당황한 목소리를 낸다.

승자는 최고선임인 한수, 그리고 가장 막내인 승주가 당첨되었다.

나란히 바닥 취침에 당첨된 도훈과 철수는 자신들이 낸 주먹을 바라본다.

"남자는 주먹이라 했거늘……."

"조금은 기교 있는 삶을 살도록 해라, 김철수."

한수의 충고는 얌전히 받아들이는 게 좋다. 무식하게 주먹만 내다보면 가위바위보 필패는 정해진 사실이니까 말이다.

어쨌든 결과는 나왔으니, 다시 모텔을 나온 이들.

"뭘 할까……."

고민 중이던 이들을 향해 철수가 당연한 걸 뭘 묻냐는 듯이 말한다.

"우리, 게임하러 가는 게 좋지 않겠습니까?"

"게임?"

"요즘 유행하는 리그 오브 전설 말입니다. 그거 하고 싶습니다! 재밌을 겁니다!"

피시방에 간 하나포 인원들.

마음을 다잡고 오랜만에 리그 오브 전설 클라이언트를 클릭한 하나포 인원들 중에서 현재 인원수를 눈치챈 한수가 철수에게 묻는다.

"남은 한 명은 온라인상에서 그냥 아무나 잡아서 할 거냐?"

"봐서 아는 친구 한 명 있으면 섭외하지 말입니다."

"그래, 일단 접속부터 해야지. 어디 보자. 4명 붙어 있는 자리가 있나."

한수가 자리를 살펴보려고 하자, 도훈이 이미 카운터에 물어보고 왔는지 답변을 대신 들려준다.

"저쪽 구석에 있다고 합니다."

"오케이. 그럼 한번 가볼까."

나란히 4자리에 앉은 하나포 인원들이 순차적으로 롤에 접속하기 시작한다.

친구추가를 하자, 승주가 놀라움을 토로한다.

"김철수 일병님, 플래티넘이십니까?!"

"그래, 짜식아. 친구들 중에서도 내가 티어가 가장 높지. 후후후."

브론즈, 실버, 골드, 플래티넘, 다이아몬드, 그리고 챌린저로 나눠져 있는 롤 티어 순번으로 따지자면, 철수의 플래티넘 티어는 꽤나 높은 편이라고 할 수 있다.

반면, 승주는 브론즈.

그리고 한수와 도훈은 각각 실버와 골드였다.

"후후후. 계급은 일병이지만, 플래티넘이면 거의 중사급 아니겠습니까?"

"뭐가 자랑이라고 그렇게 계속 떠드는 거냐, 김철수. 그것보다 잘하는 놈 좀 빨리 파티로 불러봐라."

도훈이 딱 잘라 철수의 잘난 척을 컷트한다.

혀를 차면서 마우스를 움직이던 철수가 살짝 놀란 얼굴을 한다.

"엇?! 왜 이 사람이 있지??"

"누구기에."

"잠깐만. 일단 초대해 볼게."

5인 팀 구성을 위해 철수가 한 명을 온라인상에서 초대한다.

철수를 놀라게 한 인물이 누구인지 궁금한 상황에서.

"…헐……."

한수마저도 나지막이 놀라움의 침음성을 흘린다.

한수도 익숙한 아이디. 그야 간혹 '그 사람'과 외박을 나갔을 때 롤을 하곤 했으니까 전혀 낯선 아이디가 아니라고 할 수 있다.

그 사람은 바로…….

—뭐냐, 니들. 단체로 외박 나왔냐?

헤드셋을 통해 들려오는 상대방의 음성 채팅에 한수가 어색한 목소리로 말한다.

"오랜만입니다, 김대한 병장님."

—야, 임마. 전역한 지 얼마나 됐다고 아직까지 김대한 병장님이라고 부르냐? 그냥 대한이 형이라고 해.

철수와 도훈이 자대로 전입해 왔을 때 분대장을 맡았던 인물, 그리고 그들이 자대 전입 이후 처음으로 분과 전역자이기도 했던 김대한이 롤에 접속해 있던 것이다.

게다가 계급은……

"다이아몬드?!"

승주의 놀란 탄성에 철수가 어이가 없다는 표정으로 마이크를 통해 대한에게 말한다.

"아니, 대한이 형. 무슨 전역하고 나서 롤만 했어? 얼마 전까지만 하더라도 골드였잖아."

─이 자식아. 사회라는 게 보통 스트레스 쌓이는 게 아니잖냐. 이런 식으로 게임을 통해서 간혹 스트레스를 풀어주는 게 사회인의 낙이라고. 알겠냐?

"다이아몬드 티어가 '간혹' 게임을 해서 올릴 만한 티어는 아니라고 생각하는데……"

도훈의 딴지를 들었는지, 대한이 마이크를 통해서 자신의 변론을 펼친다.

─이도훈, 너도 같이 왔냐? 그것보다 이 낯선 아이디 한 명은 누구냐?

"새로 온 신병이야. 강승주라고……"

도훈의 말이 끝나기도 전에 승주가 마이크를 대고 크게 외친다.

"태, 태풍! 이병 강! 승! 주!"

"조용히 해, 이 병신아!"

철수가 승주의 뒤통수를 빠악! 때린다. 피시방에 왔을 때에도 관등성명이라니. 덕분에 피시방 내에 있던 사람들의 시선에 도훈 일행에게 모아진다.

특히나 그중에서 전역자로 보이는 남자들은 유독 다른 사람들에 비해 키득키득 웃는 모습을 선보인다.

"아, 좆나 쪽팔리네."

철수의 말에 도훈도, 그리고 한수도 공감한다는 듯이 고개를 끄덕인다.

휴가, 혹은 외박을 나왔을 때 군인이 가장 창피해하는 경우의 수는 바로 군인티를 대놓고 내는 것이다.

구체적으로 예를 들자면, 도훈이 휴가를 나갔을 때 편의점에서 저질렀던 군대식 발언, '잘 못 들었습니다?' 와 같은 것이다.

군인티를 내고 싶지 않은 것은 군인의 공통된 마음.

물론 외박의 경우에는 현재 입고 있는 군복이라든지, 그리고 어색하게 짧게 다듬어진 삭발 머리는 어쩔 수 없는 군인의 상징이다.

"일단 가볍게 한 판 때리자."

"예!"

한수의 말에 따라 모두가 각각 포지션을 정한다.

원딜을 맡게 된 것은 도훈, 미드의 김대한, 탑의 철수, 정글의 한수.

마지막으로 제일 짬이 안 되기 때문에 강제적으로 서포터를 하게 된 승주까지 총 5명이 팀을 이루게 된다.

"내가 캐리해 줄 테니까 걱정하지 마라, 아그들아."

"믿고 있을게, 대한이 형."

예의상(?) 대한의 기분에 적당히 어울려주는 도훈의 발언이었다.

사실 도훈도 그다지 원딜에는 자신이 없다.

하지만 원딜을 가게 된 이유가, 원딜을 할 줄 아는 사람이 없어서 가게 된 것이다.

어차피 즐기자고 하는 게임.

웃으면서 게임하자고 생각한 도훈이었으나…….

그 기분은 그리 오래 가지 않았다.

─야! 씨발, 강승주! 와드 안 사냐!!

"죄, 죄송합니다!"

─한수 이 씨발 놈! 너, 내가 전역한 지 얼마 안 됐다고 나 버리고 가냐?! 스턴 걸었으면 나도 사는 거 아니냐!

"대한이 형이 죽은 것을 왜 내 탓 하는 거야!"

—정글이 똑바로 못하니까 미드 라인이 밀리는 거 아니냐! 아, 진짜. 이래서 실버는 안 된다니까!

롤은 자고로 멘탈 게임이다.

가까이 지내는 친구와도 롤 한 판으로 인해 깊고 깊은 우정이 한순간에 깨어지는 경우도 다수 존재한다.

롤은 그런 게임이다.

'…어렵구만.'

그나마 원딜을 맡고 있는 도훈이 캐리하고 있는 중이다. 총 30대 29. 킬수는 비슷하지만, 문제는 이 킬수 중 15킬을 이도훈이 했다는 것이다.

나머지는 고만고만. 다이아몬드니 플래티넘이니 티어만 높을 뿐이지, 실력은 오히려 도훈이 더 높다는 생각이 들 정도였으니까 말이다.

결국 게임은 아슬아슬하게 도훈 팀의 패배.

"아!!!"

여기저기서 터져 나오는 탄성.

헤드셋을 통해서 대한의 한탄도 들려온다.

첫 번째 게임은 경기도 패배하고, 정신적으로도 패배했다.

—ㅋㅋㅋ 졸라 못하네.

—게임 발로 하냐? 접어라, 그냥.

전체 채팅으로 도훈팀을 도발하는 것도 잊지 않는다.

게임에서 진 것도 억울한데 놀림까지 당해야 한다.

키보드를 부숴 버릴까 말까 잠시 고민하던 철수였지만, 괜히 외박을 나왔다가 사고를 치게 되면 말 그대로 작살이다. 행보관뿐만이 아니라 포대장한테도 어마어마하게 깨질 각오를 해야 하기 때문에 초인적인 인내심을 발휘하며 참아낸다.

"자자, 멘탈 잡고 한 번 더 해보자."

한수가 이들에게 정신 차리라는 듯이 말한다.

역시 현 분대장. 감정 컨트롤도 제대로 한다.

이대로 게임에서 진 채 나가기에는 외박을 제대로 즐길 수 없을 거 같은 기분이 든다. 그렇기에 이번에는 반드시 이겨야 한다.

"도훈아."

"예."

"니가 정글 가라."

한수가 자신의 포지션을 양보해 준다.

"아무래도 실버인 내가 정글을 가는 것보다, 네가 그나마 전반적인 맵리딩이 좀 되는 거 같으니까 정글 가는 게 좋을 거 같지 않냐."

"괜찮으신 겁니까?"

"나도 원딜을 전혀 못하는 건 아니니까. 대한이 형, 미드는 이번에 알아서 잘 할 수 있지?"

―이 녀석들이. 나만 믿어라. 아까는 정상적인 컨디션이 아니라서 그랬을 뿐이지, 이제는 손가락도 좀 풀렸으니까 문제없다.

"그럼 바로 시작한다."

한수의 말에 따라 드디어 시작된 2차전.

이번에는 원딜이 아니라 정글 포지션으로 가게 된 도훈이 초반부터 레벨을 올린다.

철수와 대한이 미드에서 든든하게 버텨주고, 봇라인이 조금 후달리는 것으로 보인 탓에 도훈이 봇라인 갱을 가기 시작한다.

첫 갱. 그리고…….

―퍼스트 블러드!

"선취점이다!!!"

"좋았어!!!"

팀의 사기가 급상승한다.

첫 킬을 먹은 도훈이 바로 마을로 귀환해서 템을 사고, 곧바로 미드와 탑으로 종횡무진 갱을 다닌다.

그리고 그 결과, 드디어 도훈팀이 첫 승을 거두게 된다.

―이런 씨발 새끼들! 어떠냐, 가서 엄마 젖이나 더 먹고 와라! 하하하!

"좆나게 못하네, 병신들!"

대한과 철수가 걸쭉한 욕지거리를 내뱉으며 전체 채팅으로 욕설을 날리기 시작한다.

첫 판에서 얼마나 억울했으면 이렇게까지 열정적으로 욕설을 날리는 것일까.

채팅창에 허용되지 않는 욕설을 절묘하게 피해가면서 타인의 감정을 참으로 요리조리 찔러대기 시작한다. 여기에 범진까지 들어가면 말 그대로 욕설 트리오가 아닐까 싶다.

포지션을 변경하고 난 이후부터 말 그대로 승승장구.

도훈의 정글 포지션이 빛을 보게 되는 순간이었다.

"이야~ 게임 진짜 재미있게 했다."

5판 중 첫 판을 제외하고 4판을 모두 연승으로 이겨 버린 도훈팀.

슬슬 나갈 시간이 되어서 준비를 하려던 찰나에, 철수가 마이크에 대고 대한에게 작별인사를 고한다.

"그럼 형, 우리 갈게."

—그래라. 심심하면 언제든지 연락하고.

"전화비도 아까워. 그냥 그러려니 해."

—이 매정한 놈 보소? 어쨌든 잘 즐기다 가라.

"어, 다음에 또 연락할게."

철수는 도훈에 비해서 뭐랄까. 오지랖이 넓은 편이다. 그

오지랖은 범진에게 배웠는지 모르겠지만, 전역한 대한과도 친근하게 대화를 나누는 것으로 보아서는 둘의 사이가 그리 나빠 보이지는 않는다.

게임을 마치고 나서 저녁 시간이 가까워질 무렵.

돈도 아껴야 하기 때문에 술 겸 저녁을 먹기 위해 근처 술집으로 들어간 하나포 인원들.

"어서 오세요—! 몇 명인가요?"

"4명입니다."

"예! 자리 안내해 드릴게요."

여종업원의 안내에 따라 도훈과 기타 3명이 구석 쪽 자리를 향하게 된다.

근처에 도훈내들과 같이 외박을 나온 군인들이 군복을 입고서 술을 마시는 모습이 종종 보인다.

자리에 앉자마자 철수가 혀를 내두른다.

"방금 그 여종업원, 몸매 죽이지 않냐?"

"야, 너, 계속 그런 말 하면 여자 친구한테 이른다."

"어허, 이도훈 씨. 이거 왜 이러시나? 우리, 전우 아니냐?"

"전우고 뭐고 간에 이성을 제대로 차리라고. 이 녀석아."

"내가 그렇다고 손을 댄다는 것도 아니고, 그냥 보기만 한다는 거지. 보기만."

술집에서 근무하는 여종업원이라 그런지 패션도 매우 화

끈하다.

배꼽티로 드러나는 늘씬한 몸매가 남자들의 시선을 사로잡는다.

아마도 여종업원이 이 가게의 인기비결이 아닐까 싶을 정도다. 휴가나 외박을 나온 군인들도 종종 들리는 시내이기 때문에 일부러 군인을 타깃팅으로 젊은 여종업원을 알바로 배치시켜 놓은 것일지도 모른다.

만약 그렇다면 사장의 수완을 칭찬해야 할 정도일지도 모른다.

"술 나왔습니다~"

방금 전까지만 하더라도 그렇게 철수가 입이 닳도록 칭찬하던 여종업원이 술과 안주를 내온다.

과일 안주, 그리고 밖에서 그렇게나 먹고 싶었던 치킨과 맥주가 테이블 위에 펼쳐지자, 승주의 시선이 절로 고정된다.

"자, 그럼 잔 채우고."

한수의 말에 모두가 앞에 있는 잔에 맥주를 가득 채운다.

사실은 소주를 마실까 했지만, 얼마 전에 전방 포대에서 가졌던 회식에서 소주를 잔뜩 마셨기 때문에 오늘은 자제하기로 한다.

그리고 어차피 모텔 안으로 들어가면 또다시 2차 술파티를 벌일 예정이다. 지금은 간단하게 맥주와 치킨으로 입가심을 하는 정도, 그리고 저녁 대신으로 왔기 때문에 배를 채우는 용도도 섞여 있다.

"건배!"

"건배—!!"

짠!

유리로 되어 있는 맥주잔을 부딪치자, 경쾌한 소리가 흘러나온다.

그리고 이어지는 맥주 마시기.

꿀꺽 꿀꺽.

"캬~ 쥑이는구만!!"

철수가 입술에 묻어 있는 맥주 거품까지 날렵하게 핥으면서 진심이 가득 담긴 감탄을 내지른다.

"잘 먹겠습니다!"

승주도 빠르게 치킨을 향해 손을 뻗는다.

드디어 시작된 술 파티 1차전. 이들의 밤은 아직 끝나지 않았다.

치맥을 먹고 난 이후에 모텔로 돌아와 소주와 과자를 까는 이들.

4명이서 2인실에서 한 방에 자려고 하니까 좁아터질 만한 불편한 환경이지만, 그래도 몸이 가까운 만큼 마음도 가까워지는 법이다.

특히나 이들은 최정예 하나포 인원들 아닌가.

"자~ 건배!"

"건배!"

새우깡과 양파링을 안주삼아 소주를 깐 이들이 잔을 부딪치며 2차 술자리 파티를 연다.

TV는 당연하다는 듯이 야동(?)을 틀어놓고 말이다.

"이렇게 군대 내부가 아니라 바깥에서 마시는 것도 나름 좋네."

철수가 진득한 술기운을 입안에서 내뿜으며 한 말에 모두가 고개를 끄덕인다.

"뭐… 여자가 없다는 게 안타깝지만."

"얌마, 이도훈! 남자들끼리의 우정이라는 게 있잖아. 계집애 따위가 넘볼 수 없는 사나이들의 뜨거운 우정 이런 거 말이다!"

"뜨거운 거 좋아하네. 유일하게 여자 친구가 있는 녀석이 그런 말을 해봤자 배부른 소리로밖에 안 들린다."

생각해 보니까 이 자리에 있는 4명의 군인 중 유일하게 여자 친구가 있는 인물은 철수밖에 없다.

하지만 철수도 그에 대해서는 할 말이 많은지 슬슬 술기운이 달아오르는 것을 토대로 도훈에게 지금까지 하지 못했던 말을 쏟아낸다.

"이 자식! 차라리 여자 친구가 없는 상태에서 다수의 여자한테 인기가 있는 게 훨씬 더 좋다고! 너가 그렇잖아!"

"…무슨 헛소리를 하는 거야."

"그 앨리스라는 여자도 그렇고! 전포대장님도 대놓고 너한테 관심 있는 게 보이고!"

"……."

이제와서 생각을 해보지만, 도훈은 생각보다 여자들에게 인기가 있었다.

그중에 한 명은 여자라고 보기에는 약간 문제가 있는 생물체이긴 하지만, 그래도 일단은 인간 여성과 똑같은 신체 구조로 완성된 존재가 바로 앨리스라는 형태니까 그건 그다지 크게 신경 쓰지 않아도 될 거 같다.

"그러니까 그런 거 아니라니까."

"어허, 이도훈 씨. 이제 슬슬 솔직해지자. 여자관계도 좀 정리하고. 다른 여자들이 불쌍하지도 않냐?"

"……."

매번 어벙하고 별로 영양가 없는 발언을 내뱉기로 소문난 철수지만, 솔직히 이번 발언에 대해서는 도훈도 뭐라 할 말이 없었다.

분명 철수의 말이 맞다.

여자관계 같은 것은 복잡하면 복잡해질수록 당사자도, 그리고 남자도 골치 아파진다.

"노력해 볼게."

"어허, 매번 그런 식으로 회피하는 거냐?"

"이건 내 개인 문제니까 너 따위한테 도움 안 받겠다는 말이잖냐, 임마."

"자존심하고는."

이도훈과 거의 군 생활을 같이 하다시피 해온 철수이기에 도훈의 저런 성향을 전혀 이해하지 못하는 것도 아니다.

철수의 눈에 비친 도훈이란 남자는 남에게 솔직하게 도움을 청하기보다는 자신의 능력으로 스스로 헤쳐 나가는 그런 남자이기 때문이다.

"무슨 말인지 모르겠지만, 잘 해결하길 기원해 주마."

"감사합니다, 한수 상병님."

"그리고 철수, 너도 모처럼 좋은 술자리에서 이상한 이야기 꺼내 말고."

"…네."

철수가 다시금 술잔을 기울인다.

벌컥벌컥.

주량이 상당히 센 녀석인지라, 소주를 맥주처럼 마셔도 토하거나 정신이 나가지는 않다.

반면, 홀짝홀짝 소주를 마시고 있는 승주를 향해 철수가 고개를 절레절레 흔들며 말한다.

"승주, 이 녀석아! 남자 아니냐? 여자처럼 그렇게 소심하게 술을 마시면 정 떨어진다."

"죄, 죄송합니다!"

"죄송하면 다냐!"

철수가 목소리를 높이면서 주변에 뭔가를 찾는다.

이윽고 찾은 물건은…….

"자, 이거 원샷해라!"

소주병 하나를 통째로 내밀면서 대놓고 마시라는 철수의 말에 도훈이 경고한다.

"소주병으로 니 머리 후려치기 전에 그만 먹여라. 괜히 술 못 마시는 놈한테 술 강요하지 말고."

"아따… 이도훈, 후임은 그렇게 아껴주면서 동기는 안 챙겨주냐? 섭섭하게."

"니 갈 길은 니가 알아서 해라."

동기에게는 냉정한 남자, 이도훈이다.

또다시 술잔을 기울이기 시작하는 철수.

그에 비해 한수와 승주는 묵묵히 철수와 도훈의 만담 듀오를 구경하면서 같이 술잔을 기울인다.

"으……."

울렁거리는 속을 진정시키며 자리에서 일어선 이도훈.

분명 술잔을 기울이는 것까지는 기억이 나는데, 아마도 도중에 술기운 탓에 그대로 뻗었나 보다.

"드르렁……."

침대 위에서 대(大)자로 뻗어 잠을 자고 있는 김철수를 바라보며 도훈이 어이가 없다는 듯이 쓴웃음을 짓는다.

가위바위보 승자는 한수와 승주이거늘, 정작 승자 둘은 새우깡 봉지와 나란히 바닥에서 자고 있다.

"이것도 술의 영향인가……."

화장실에서 가볍게 얼굴을 씻은 도훈이 잠시 바깥바람을 쐬기 위해 모텔 밖을 나온다.

차가운 밤바람이 도훈의 뺨을 타고 흐른다.

"춥구만……."

깔깔이를 입고 나오긴 했지만, 추운 것은 매한가지.

연천, 전곡의 날씨는 춥다. 중부지방과는 차원이 다를 정도로 말이다.

"오랜만에 한 대 피고 싶구만."

담배를 꺼내든 도훈이 불을 붙인다.

그동안은 금연을 해왔지만, 술이 들어가니 절로 흡연 본능(?)이 떠오른 것이다.

"후우~"

밤하늘에 피어오르는 담배 연기에 도훈이 수많은 별을 바라본다.

변하지 않는 넓은 하늘.

하지만 이도훈은 변해가고 있다.

스스로의 힘인지, 아니면 피드백에 의한 의도적인 변화인지 모르지만, 어쨌든 분명 이도훈은 긍정적으로 변해하고 있음을 확신한다.

오죽하면 군단장에게 간부 지원을 직접적으로 듣게 되겠는가.

"간부 지원이라……."

분명 간부 지원 역시도 이도훈의 현재 입장에서는 또 다른 성공적인 길을 보장할 수 있을 것이다.

다름 아닌 군단장이 밀어준다는데, 그 누가 거절하리오.

하지만 도훈에게는 명확한 목표가 있다.

전역.

군대 전역을 위해서 도훈은 이 지긋지긋한 군 생활을 버티고 있다. 그런데 만약 자신이 간부 지원을 하게 된다면? 그렇다면 자신의 인생 자체에 커다란 피드백이 오게 될지도 모른다.

인생을 좌지우지할 수 있는 일생일대의 선택.

이제는 더 이상 미룰 수가 없다.

이미 사단장으로부터 한 번 제안받았던 내용이다. 군단장까지 몸소 나섰다면, 여기서 계속 시간을 끄는 것 자체가 그들에게 있어서도 예의가 아님을 뜻한다.

"…앨리스."

혹시나 해서 불러보는 앨리스.

그러자 기다리고 있었다는 듯이 사라락 소리를 내며 도훈의 옆에 등장한다.

"내가 만약에……."

다시 한 번 머릿속을 정리한다.

"간부를 지원하게 되면, 내 인생은 어떻게 되는 거냐."

"나에게 대답을 기대하고 그런 질문을 하는 거야?"

"아니, 사실 그다지 대답을 바라고 있진 않아."

앨리스가 차원 관리자라 해도 미래를 알지는 못한다.

미래를 알고 있는 권한을 지닌 것은 체셔의 직권이니까.

하지만 체셔 역시도 정형화된 미래를 알고 있을 뿐이지, 피드백에 의한 미래를 알고 있지는 못하다.

즉, 정확하게 미래를 알고 있는 사람은 아무도 없다는 뜻이다.

"미래는 무한대야. 가능성으로 따지자면 함부로 측정할 수 없을 정도니까."

앨리스의 나긋나긋한 말이 밤공기를 통해 이어진다.

"인간은 제각각 무한대의 가능성을 지니고 있어. 각자 '미래'라는 가능성을 품고 있으니까."

"…불확실한 미래라는 게 문제지만."

"그래도 미래가 있으니까 가능성도 있는 거야."

"필요악이라는 거구만."

다시 담배 하나를 입에 문 도훈이 생각에 잠긴다.

자신이 간부 지원을 선택하는 것도 무한대의 가능성 중 하나.

"선택은 네 자유야, 이도훈."

앨리스가 밤바람에 흩뜨려진 긴 흑발을 쓸어내린다.

"설사 그게 피드백이라고 해도, 미래는 미래니까."

"철학적인 답변이구만. 너답지 않아."

"그래? 나는 나름 꽤 나다운 방법이라고 생각했는데."

담배 하나를 마저 끈 도훈이 자리에서 일어서자, 앨리스가 윙크를 하며 묻는다.

"원하는 답변이 되었어?"

그러자 도훈이 싱긋 웃으며 앨리스의 머리를 쓰다듬어준다.

"그래, 덕분에."

다음 날 아침.

"…씨발, 머리 터질 거 같네."

침대에서 한창 코를 골며 잠을 청하던 철수가 이제 막 씻고 다시 군복을 입은 도훈을 바라본다.

"뭐야, 일어나 있었냐?"

"그래, 잠시 밤바람 좀 쐬다가 와서 다시 잤다."

"그러냐… 근데 왜 내가 침대에서 자고 있지?!"

"그건 술에 떡이 된 과거의 니 자신에게 물어봐라."

술은 참으로 좋은 수단이다. 잊고 싶은 기억은 마음껏 잊게 만드는 특효약이기도 하니까 말이다.

철수를 시작으로 한수도, 그리고 술이 약한 승주도 비실거리면서 자리에 일어난다.

습관은 무섭다고 하지 않던가. 기상 나팔소리가 없음에도 불구하고 7시라는 경이적인 기상시간을 이뤄낸 이들은 결국 8시 정도쯤에 모텔 바깥을 나서게 된다.

"밥이나 먹으러 가자."

"예!"

그리고 외박 마지막 날의 아침이 시작된다.

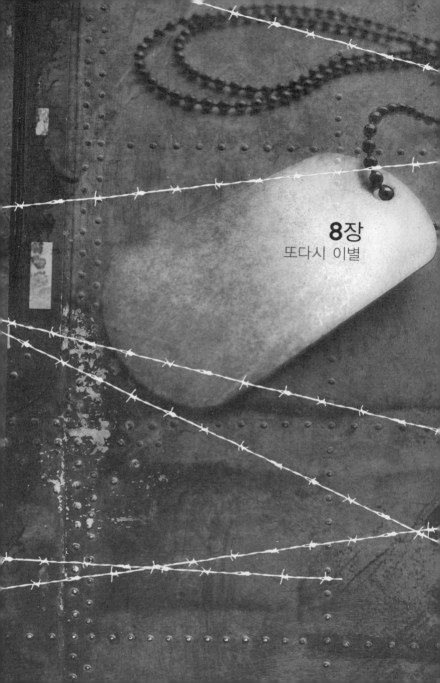

8장
또다시 이별

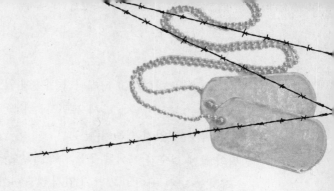

　외박의 둘째 날.

　아침을 간단하게 해결한 이들은 생각지도 못한 만남을 가
지게 되었다.

　때는 이제 복귀를 앞두고 용사의 집에서 전투모를 사려던
시기.

　"음?!"

　용사의 집에 들어가자마자 하나포 인원들이 놀란 표정을
짓는다.

　왜냐하면.

"오, 니들. 외박 나왔다고 하더니만 여기에 있었냐?"

말년휴가를 나간 이후에 다시 복귀하는 범진과 재수가 마침 용사의 집에 있었기 때문이다.

범진의 말에 철수가 어색한 웃음으로 대답한다.

"솔직히 놀 만한 곳이 여기밖에 없지 않습니까."

"하하! 그렇긴 하지."

"근데 김범진 병장님하고 안재수 병장님은 여기에 무슨 일이십니까?"

"우리? 이거 오바로크 치려고 왔다."

라는 말을 하면서 범진이 자신의 전투모를 보여준다.

그것은······.

"개, 개구리 마크!!"

그렇다. 전역자들의 특권이라 불리며 더불어 전역의 상징이라 일컬어지는 바로 그 개구리 마크!

전투모뿐만이 아니라 야상, 그리고 전투복 상의에 간지나게 오바로크를 친 범진이 씨익 웃으면서 말한다.

"이제 3일 뒤면 전역 아니냐. 슬슬 개구리 마크를 쳐도 되지 않냐?"

"···과연."

3일 정도라면 부대에서도 충분히 눈감아줄 수 있다. 게다가 오늘을 포함해서 3일이니, 실질적으로는 이틀밖에 안 남은 셈이다.

다음 주 화요일. 그날이 바로 범진과 재수가 전역을 하는 날이다.

김대한 이후로 같은 분과에서 떠나보내는 2명의 전역자.

"이렇게 만난 것도 인연인데, 밥이나 먹고 부대로 들어가자."

역시 전(前) 분대장답게 재수가 먼저 리드를 한다. 그러자 하나포 인원들이 고개를 끄덕이며 찬성을 뜻한다.

그 와중에 철수가 이죽거리며 재수에게 슬쩍 말을 건네 본다.

"물론 안재수 병장님이 사시는 거지 말입니다."

"너, 범진이 이 녀석한테 얻어먹는 스킬만 잔뜩 배운 건 아니겠지."

"헤헤헤. 이게 바로 세상 살아가는 요령이지 말입니다."

"알았다, 알았어. 후딱 뭐 먹고 부대로 복귀하자."

"예!"

재수가 크게 한 턱 쏜 덕분에 배를 가득 채운 하나포 인원들은 택시를 타고 바로 전방 포대로 복귀하게 된다.

실질적으로 전방 포대로 부대를 옮기고 난 이후에 처음으로 자신들의 부대에 오게 된 범진과 재수는 놀란 감정을 숨길

수가 없었다.

"부대 전경은 참 쥑이네."

범진의 말에 모두가 고개를 끄덕인다.

보이는 것이라고는 초록색, 그리고 하늘색이 전부니까 말이다.

"난 또. 무슨 산골짜기로 납치당하는 줄 알았다."

재수도 범진의 의견에 한 표를 거든다.

대대에 있을 때에는 그나마 민간 차량이 왔다 갔다 하는 큰 도로나 아니면 거리가 좀 있긴 하지만 도시 느낌이 조금이나마 나는 지역이 먼발치에서 보이기라도 했다.

하지만 전방 포대는 말 그대로 산골짜기.

근처에서 멧돼지가 나와도 전혀 이상하지 않을 그런 장소인 셈이다.

"전방 포대에서 생활하기 전에 전역하게 되서 참으로 다행이구만."

범진과 재수는 진심으로 그렇게 생각하기로 했다.

감탄을 늘어놓는 사이에 부대로 도착.

막사로 올라가자, 아무렇지도 않게 튀어나오는 쥐새끼의 모습에 또 한 번 감탄한다.

이윽고 행정반으로 들어가는 순간, 기다렸다는 듯이 이들을 반기는 당직, 이대팔.

"오! 왔습니까. 병장님들."

"이대팔이잖아? 니가 왜 당직이냐?"

분대장을 단 이후로 한동안 당직을 많이 맡았던 재수가 이대팔에게 묻는다.

분명 이대팔은 당직 교대 엔트리에 없던 인물이다. 분대장도 아니고, 그렇다고 부분대장도 아니다.

"하도 사람이 없어서 저까지 오게 되었지 말입니다."

"뭐하는데 사람이 없어?"

"다 행보관님 따라 여기저기 작업 불려나갔습니다."

"무슨 작업인데."

"에이, 안재수 병장님. 여름하면 딱 무슨 작업이 떠오릅니까."

"…그거로구만."

안 봐도 비디오다.

군대는 전반적으로 크게 2가지 작업 분류로 나눌 수 있다. 바로 제설 작업과 제초 작업.

그중에서 여름의 한 축을 담당하고 있는 게 바로 제초 작업이다.

군대에서 제초 작업을 빼놓으면 섭한 법이다.

"근데 오늘 일요일이잖아."

황당한 표정을 지어 보이는 범진의 말에 이대팔이 머리를 긁적이며 대답한다.

"우리 행보관님 성격 잘 아시지 않습니까. 부대로 이전했는데, 전방 포대 부대 관리가 완전 엉망이시라면서 주말에도 병력들 이끌고 제초 작업 하시고 계십니다."

"역시 행보관님……."

괜히 작업의 신이라 불리는 게 아니다.

작업하면 알파 포대 행보관. 절대로 빼놓을 수 없는 수식어라고 보면 된다.

설마 주말에도 병력들을 데리고 제초 작업을 할 줄은 꿈에도 몰랐기 때문이다.

"마침 곧 작업 끝나고 복귀할 시간이니까 타이밍 좋게 잡으셨습니다."

이대팔의 말을 끝으로, 손등으로 땀을 훔치며 행정반으로 들어온 행보관이 하나포 인원들을 바라본다.

"뭐냐, 잡것들아. 이제 복귀하는 거냐?"

"예! 그렇습니다!"

"복귀했으면 짐 풀고 쉬어라. 이대팔! 방송으로 병력들 쉬게 해라."

"알겠습니다!"

드디어 주말다운 주말이 펼쳐지는 모양인가 보다.

역시 인생은 타이밍이라 했던가.

행보관의 작업이 끝날 무렵 기가 막히게 복귀한 하나포 인원들은 안도의 한숨을 내쉴 수밖에 없었다.

하지만 이것이 그들의 행복을 나타내는 현상은 아니었다.

불행은 곧 멀지 않은 미래에 도사리고 있었으니.

다음 날 아침.

전역을 하루 앞둔 범진과 재수는 이제는 마음이 느긋한 기분으로, 그리고 그 이외의 병력들은 무거운 마음으로 기상을 하게 된다.

왜냐하면 아침부터 행보관의 불호령이 떨어졌기 때문이다.

"어제는 주말이라서 제대로 제초 작업 못했지만, 오늘은 빡세게 할 거다. 알겠냐."

"예! 알겠습니다!"

행보관의 제초 전쟁 선언 덕분이다. 병력들은 거의 다 죽어가는 표정으로 각자 낫을 들고 각 포반 제초 작업을 시작한다.

우매한 역시도 하나포 인원들의 작업을 감독, 지시하기 위해 투입되는데.

"……?!"

포상으로 내려오는 하나포 인원들의 표정이 급격하게 새

파래진다.

제초 작업의 양이 많아서가 아니다.

어차피 풀이라는 것은 잘라도 잘라도 다시 자라게 마련이니 그냥 마음을 비우고 하면 된다.

하지만 이들이 절대로 무시할 수 없는 일이 벌어지고 있었으니.

"저, 저것은?!"

철수가 부들부들 떨리는 손가락으로 포상 입구 왼쪽 맨 위에 위치해 있는 무언가를 가리킨다.

앵앵거리는 불길한 소리.

그리고 눈에 보이는 특대 사이즈 벌집!

"씨발, 벌집이 웬 말이냐?!"

철수의 절규 어린 목소리에 모두가 한마음, 한뜻으로 절망적인 시선을 보여준다.

벌집의 크기도 매우 상당하다. 벌의 크기도 짐작하건데, 꿀벌 수준이 아니라 말벌일 가능성이 크다.

"포상에서 멀리 떨어져라! 함부로 접근하지 말고!"

우매한이 재빨리 상황을 파악했는지 포반 인원들의 안전을 최우선으로 생각하는 지시를 내린다.

우매한의 말에 따라 하나포 인원들이 포상에서 멀찌감치 떨어진다. 분명 멀리 떨어져 있음에도 불구하고 벌집의 크기가 얼마나 큰지 먼 곳에서도 목격이 될 정도다.

한수가 고개를 절레절레 흔들며 말한다.

"저거에 한 방 쏘이면 말 그대로 골로 가겠다."

"그러게 말입니다."

이미 이들의 대처 수준을 훨씬 뛰어넘었다.

하지만 그렇다고 포상에 있는 벌집을 그대로 놔둘 수는 없는 노릇.

게다가 제초 작업을 계속 진행하려면 벌집 제거도 해야 한다.

"어떻게 해야 합니까? 하나포 반장님."

"……"

우매한도 당황할 수밖에 없었다. 군대 지식이라면 이도훈에 뒤쳐지지 않을 정도로 우매한도 많은 지식을 보유하고 있다. 그리고 그에 따른 대처 방법 또한 훌륭하다 할 수 있다.

하지만 벌집이라니.

이런 순수 자연 친화적인 문제에 대해서는 아무래도 군인으로서의 우수한 능력보다, 행보관처럼 다양한 경험과 노하우가 필요하다.

"강승주."

"이, 이병 강승주!"

"행보관님 좀 모셔 와라."

"알겠습니다!"

"그리고 상병 3명."

"상병 한수."

"상병 김철수."

"상병 이도훈."

한수를 제외하고 도훈과 철수도 오늘부터 정식으로 상병 계급장을 달게 되었기 때문에 우매한이 편의상 상병 3명이라고 호명을 한다.

"너희는 다른 포반에 가서 하나포 쪽으로 가급적이면 접근하지 말라고 전파하고 와라."

"예! 알겠습니다!"

괜히 하나포 포상 입구를 지나다가 벌에게 쏘이기라도 한다면 큰일이다.

말벌 크기의 벌에게 쏘이면 무슨 사고가 발생할지 모르기 때문이다.

"아따… 저놈들 좀 봐라."

포상으로 내려온 행보관이 진심으로 질렸다는 표정으로 벌집을 올려다본다.

"내 군 생활 통틀어서 저렇게 큰 벌집은 처음 본다."

행보관이 처음 볼 정도의 크기를 지닌 벌집이라니.

덕분에 뒤에서 대기 중이던 하나포 인원, 그리고 생활관에서 농땡이를 부리다가 벌집 이야기를 듣자마자 신기함에 못 이겨 구경을 나온 말년 두 명(김범진, 안재수)이 진심으로 놀랄 표정을 지어 보인다.

"하긴, 저도 군 생활 2년 하면서 저런 크기의 벌집은 처음 봅니다."

재수의 말에 범진도 공감한다는 듯이 고개를 끄덕인다.

역시 자연친화적인 전방 포대다운 모습이라고 할까. 세상에 저런 크기의 벌집이 어디 있겠나.

농구공은 비교도 안 될 정도다. 게다가 벌의 덩치도 커서 꽤나 위협적이다.

"일단 제거는 해야겠구만."

행보관의 결정에 모두가 과연 행보관이 어떤 수단을 내릴지 궁금해할 수밖에 없다.

하지만 바로 그때!

"행보관님!"

범진이 손을 번쩍 들고 외친다.

"저희가 해결해 보면 안 되겠습니까?"

"…니들이?"

"예! 이제 전역을 앞두고 있는데, 저희가 짬밥을 발휘해야 할 때가 온 것 같습니다!"

"말년에는 떨어지는 낙엽도 조심하라는 말도 못 들었냐? 잡것아."

"걱정하지 마시기 바랍니다! 후임들을 위해서 이 말년 2명이 해결해 보이겠습니다!"

"…그럼 안전에 유의해서 한 번 해봐라."

분명 행보관이 범진의 의견에 토를 달 거라 생각했었는데, 의외로 순순히 이들의 의견을 받아들였다.

무슨 심경의 변화일까.

행보관의 성격상으로는 절대로 저런 위험한 작업에 병사들의 판단에 맡기지 않을 터인데.

'나름 행보관님이 배려하신 건가.'

도훈이 속으로 지레짐작을 해본다.

이들은 이제 내일이면 전역을 한다.

그전에 후임들에게 뭔가 해주고 싶다는 생각은 아마 범진이나 재수나 마찬가지일 것이다. 어찌 보면 벌집 사건은 하나포의 위기라면 위기일 수 있다. 게다가 행보관이 만능도 아니고, 그저 효율적인 방법을 알고 있을 뿐이지 그게 100% 다 통한다는 법은 없다.

"그것보다 김범진 병장님, 무슨 좋은 수단 있습니까?"

도훈이 의심 가득한 질문을 내보이자, 범진이 씨익 웃으며 말한다.

"좋은 수단이라기보다는, 해보고 싶은 게 있거든."

"…설마."

"재수야! 그걸 하자!"

범진의 외침을 들은 재수가 그럴 줄 알았다는 듯이 머리를 긁적인다.

"진짜 너도 단순한 놈이다."

범진과 재수가 가져온 것은 다름 아닌…….

에프킬러와 라이타.

"아, 저거. 안 봐도 비디오다."

철수가 나지막이 뒤에 있는 도훈에게 속삭인다.

도훈도 그럴 줄 알았다는 듯이 고개를 끄덕이며 한수와 우매한에게 말한다.

"말리지 않아도 됩니까?"

"자기들이 해보고 싶다는데. 굳이 말릴 필요는 없지."

우매한의 말에 한수도 자신의 뜻 역시 마찬가지라고 말한다.

"우리는 멀찌감치 피해 있자."

"예."

눈에 빤히 보이는 결과를 애써 무시한 채 이미 안전지역으로 피신해 있는 하나포 인원들을 바라보며 범진이 소리친다.

"성공할 거라니까?!"

"아무리 봐도 실패로밖에 보이지 않습니다만."

한수가 냉정하게 상황을 분석해서 한 말이었다.

에프킬러와 라이타를 들고 등장한 범진의 모습에 모두가 예상이라도 했다는 듯이 외친다.

"요가 파이어!"

"그래, 바로 그거다! 꼭 한 번쯤은 해보고 싶었거든."

라이터에 불을 붙인 상태에서 에프킬러를 뿜어내면, 화염 방사기를 장착한 듯한 효과를 누릴 수 있다.

물론 장난으로 하면 상당히 위험한 용도. 그래서 범진은 합법적으로(?) 요가 파이어를 할 수 있는 이 기회를 틈타 지금까지 제대로 할 수 없었던 것을 실천에 옮기기로 한다.

"난 빠질련다."

"어?! 야! 안재수! 배신 때리냐?"

"배신이고 뭐고 아까도 말했지만 말년은 떨어지는 낙엽도 조심해야 한다고 했잖아. 너도 무사히 전역하고 싶으면 몸 사리면서 해라. 괜히 이런 일로 군 생활에서 인생의 오점 남기지 말고."

인생의 오점이라.

참으로 여러 가지 의미를 복합적으로 나타내는 단어가 아닐 수가 없다.

괜히 말벌 건드렸다가 자칫 잘못하면 최악의 수로 사망에 이를 경우가 생긴다.

호주에서는 벌에 쏘여 사망한 사람이 꽤 된다고 할 정도니까 말이다.

"나만 믿으라고. 요가 파이어로 한 방에 퇴치해 주마!"

하지만 지나친 자신감과 허세에 물든 범진이 기어코 요가 파이어를 해내고 말겠다는 의지 하나만 가지고 포상 언덕을 오른다.

입구의 윗쪽 부근까지 올라간 범진이 멀찌감치서 요가 파이어를 준비하기 위해 일단 라이터를 켠다.

하지만.

앵앵앵!!

막상 가까이서 바라보니 말벌의 크기가 실로 어마어마하다!

아무리 범진이라 하더라도 저 말벌에 아무런 위기감을 느끼지 않으려야 않을 수가 없을 것이다. 방금 전까지 선보였던 요가 파이어의 신뢰도가 팍팍 떨어지는 듯한 기분을 만끽할 수밖에 없었다.

"…내려갈까……."

혼잣말로 중얼거린 범진이었지만, 이제와서 내려가면 후임들에게 엄청난 욕지거리를 먹는 건 당연지사.

게다가 행보관이 전적으로 말년 2명에게 이번 일을 의뢰하지 않았는가.

여기서 물러서게 된다면 사나이 자존심에 커다란 상처를 입는 거와 마찬가지가 된다.

"사나이 아니냐!!"

결국 에프킬러의 버튼을 누른 범진이었으나……

그것도 잠시 후.

"씨발!!! 나 살려!! 말년병장 살려!!"

벌들에게 쫓겨 달아가는 범진의 모습에 하나포 인원들이 한숨을 쉰다.

이미 충분히 예상된 결과였기에 뭐라 토를 달지도 못한다.

"이 잡것들아. 내가 그럴 줄 알았다."

결국 행보관이 출동하고 말았다.

겨우 벌들의 총공격에서 벗어난 범진이 연신 죄송하다고 사과하고, 재수는 같은 동기라는 이유로 혼이 나고 말았다.

담배를 꼬나물던 행보관이 근처에 있던 당직에게 말한다.

"야, 당직아. 가서 호수에 수도꼭지 연결해서 가져와라. 하나포까지 닿을 정도로 긴 걸로."

"예! 알겠습니다!"

그리고 잠시 후.

호수를 쥔 행보관이 멀찌감치서 하나포 포상 위를 점령 중인 벌집을 향해 끝을 겨눈다.

"당직아, 틀어라!"

"예!"

그리고 뒤이어 엄청난 물줄기가 벌집을 강타하기 시작한다!

쏴아아아아!!

보기만 해도 시원해지는 광경이지만, 벌집을 제거하기 위한 과정이라고 생각을 하면 등골이 서늘해질 것이다.

한동안 그렇게 물줄기를 뿜어내는 행보관의 공세에 결국 벌집이 뚝! 소리를 내며 육중한 몸집이 땅 위로 떨어진다.

이윽고 입에 물던 담배를 미리 준비해 둔 지푸라기 더미에 붙여 휙 던진다.

포상 근처에 불을 지피는 것은 매우 위험한 행동이지만, 그렇다고 포상 안에 벌집이 떨어진 게 아니라서 그나마 아슬아슬하게 허용되는 범위라고 간주하는 편이 좋을 것이다.

상급 부대가 보면 졸도할 모습이었겠지만, 군대는 언제나 들키지 않으면 장땡.

그렇게 벌들을 쫓아낸 행보관이 혹시나 벌집 안에 남아 있을지 모르는 말벌을 주의하며 벌집을 저 멀리 던져 버린다.

이것으로 상황 종료.

"하여간 젊은 것들이 저런 거 하나 처리 못하냐. 말년이나 된 녀석들이 말이야."

"죄, 죄송합니다!"

"아무튼 제초나 계속해라. 포상 봐라, 풀이 무릎까지 오잖냐."

"예! 바로 하겠습니다!"

졸지에 범진과 재수도 제초 작업에 동원되고 말았다.

본래 같은 경우에는 전역 대기라고 해서 내일 전역을 앞둔 병장의 특권을 생활관 내에서 마음껏 누릴 수 있었지만, 행보관에게 밉상으로 찍히게 된 관계로 어쩔 수 없이 하나포 인원들과 같이 제초 작업을 시작할 수밖에 없었다.

"다 너 때문이잖아."

목장갑에 낫을 들고 포상 제초 작업을 시작한 재수가 범진에게 쓴소리를 내뱉는다.

그러자 범진이 허허 웃으면서 말하길.

"이것도 다 후임들 좋으라고 우리가 봉사하는 거잖냐."

"시끄럽다, 새끼야. 전역 대기라고 해서 제일 좋아하던 놈이 이제와서 태세 전환이냐?."

빠른 태도 변환에 재수가 혀를 내두른다.

이렇게 해서 예상치 못하게 하나포 인원 전원이 포상 제초 작업을 시작하게 되었다.

흰색 목장갑을 차고 있는 승주와 철수, 그리고 도훈.

반면, 코팅이 되어 있는 목장갑을 착용하고 있는 재수와 범진, 한수가 열심히 제초 작업을 시작한다.

그 와중에.

"김철수 상병님."

"무슨 일이냐?"

승주가 무진장 긴 풀을 가리키며 말한다.

"이거, 손으로 뽑으면 되는 겁니까?"

"이거… 어?! 잠깐! 야! 손대지 마라."

철수가 승주를 뿌리치고 가까이서 긴 풀을 바라본다.

풀이라고 하기에는 뭔가 크고 우람하고 아름답다.

"…돼지풀이구만."

"돼지풀이 뭡니까?"

"여기 줄기 봐라. 가시가 엄청 많이 돋아나 있지?"

"오……."

"코팅된 목장갑은 상관없지만, 일반 목장갑으로 뭣도 모르고 돼지풀을 잡고 뽑으려 하면 손에 가시 잔뜩 찔린다."

"역시… 김철수 상병님이십니다!"

"하하하! 더 찬양해도 좋다."

철수가 피노키오마냥 코를 잔뜩 높이며 자랑하지만, 도훈이 어이가 없다는 듯이 대화에 끼어든다.

"철수 저 녀석이 돼지풀에 대해서 잘 아는 이유는 하나밖에 없다. 얼마 전에 지가 뭣도 모르고 맨손으로 잡아서 뽑으려 하다가 잔뜩 혼이 났거든."

"얌마, 이도훈! 꼭 후임 앞에서 선임의 위엄을 무너뜨려야 속이 시원하겠냐?!"

"잘난 척하는 니 모습이 보기 싫어서 그렇다."

"실패는 성공의 어머니라 하잖냐."

"그래, 그래. 잘 기억해 둬라, 승주 너는 기억력이 특기니까 별로 무리는 없겠지?"

"예! 문제없습니다!"

"철수처럼 바보같이 행동하진 말고."

이들이 돼지풀을 놓고 논의하던 와중에, 다른 인원들 역시도 한창 제초 작업에 열중한다.

그리고 1시간 정도가 지났을 무렵.

"야들아! 잠시 쉬고 하자!"

범진이 힘들다는 듯이 손등으로 땀을 훔친다.

뜨겁게 내리쬐는 태양빛에 인간이 버틸 수 있는 것은 명확히 한계가 존재한다. 운동선수도 아니고, 땀을 한 바가지 흘리면 자연스레 부족한 만큼의 수분을 보충해야 하는 법.

하지만 음료수가 없다.

미리 사왔어야 했는데, 아직 PX가 정리 중이라서 사 오질 못한 것이다.

전방 포대로 이전해 온 지 얼마 안 된 게 원인.

"지금도 PX 이용 불가능한가?"

한수가 멀찌감치 작은 PX를 바라본다. 포상에서 얼핏 보일 정도이긴 하지만, PX가 물품을 팔고 있는지에 대해서는 확인할 수가 없다.

그때, 승주가 기억났다는 듯이 말한다.

"아, 오늘부터 정상적으로 영업 가능하다고 했습니다."

"역시 강승주! 기억력 하는 쥐이는구만!"

범진이 잘했다는 듯이 승주의 등을 빠악 때려준다.

왜 칭찬받을 짓을 하고 오히려 맞아야 하는지에 대해서 잠시 의구심을 품은 승주였지만, 그것이 범진 나름의 애정 어린 방식이라는 사실을 조금은 이해하기 시작한 탓에 아무런 말 없이 넘어간다.

"그럼 PX까지 가서 음료수 누가 사와야겠네."

재수의 말은 곧 도화선이 되어 모두의 심경에 불을 지피기 시작한다.

누군가가 PX까지 가야 한다.

이 더운 날씨에.

그리고 돈도 내야 한다.

이 더운 날씨에 PX까지 가는 것도 억울해 죽겠는데 돈까지

내면 억울함에 사무쳐 피눈물을 흘릴지도 모른다.

물론 어디까지나 그런 가능성이 있다는 뜻이다.

"…이럴 때는 말이지. 하나포 전통 행사가 있지 않냐."

범진은 언제나 이런 상황에 몰리게 될 경우, 늘상 말이 많아진다.

그리고 범진이 무슨 이야기를 할지에 대해서도 이미 예상했다는 듯이 하나포 인원들도 고개를 끄덕인다.

다만, 전입해 온 지 얼마 안 된 이등병, 승주만이 고개를 갸우뚱할 뿐이다.

"내기다."

"결국 그겁니까."

도훈이 어쩔 수 없다는 듯이 머리를 긁적인다.

하긴. 별로 딱히 정할 수단도 없고, 내기밖에 없지 않은가.

게다가 쉬는 시간에 가볍게 심신의 피로를 풀기 위해서는 나름 좋은 방법이라는 생각도 든다.

전투모로 부채질을 하던 재수가 범진에게 묻는다.

"말년 최후의 내기가 되겠구만."

"그렇쥐. 그러니까 우리는 절대로 질 수 없지."

"그래서 내기 내용이 뭐냐?"

"아까 니들, 돼지풀 이야기했지 않았냐?"

범진이 승주와 철수에게 묻는다. 그러자 얌전히 고개를 끄덕이는 후임급들.

"그거 듣고 생각난 건데, 포상 주변을 기준으로 해서 가장 긴 돼지풀을 찾아내는 사람 순으로 꼴찌를 선정하는 게 어떠냐."

"…진짜 김범진 병장님의 내기 종목 선정하는 잔머리는 알아줘야 합니다."

진심으로 감탄하는 철수에게 범진이 씨익 웃어 보이며 말한다.

"내기는 나의 군 생활이자 모든 거였으니까."

"그치만 그런 것치고는 생각보다 승률이 낮지 않습니까."

"시끄럽다, 이 녀석아."

이렇게 해서 시작된 내기 대전이 벌어지게 되었다.

누가누가 더 긴 돼지풀을 찾아내느냐. 그리고 돼지풀을 찾는 범위는 하나포 포상 내로 한정.

이 두 가지 규율만 지킨다면 무슨 짓을 해도 상관이 없다.

더불어 돼지풀을 가져와야 하는 조건이 있기 때문에 코팅된 장갑은 개인별로 한 짝씩 배부가 되었다.

왜냐하면 일단 뽑아야 하지 않겠는가.

뽑기 위해서는 코팅된 장갑이 있어야 한결 편하기 때문에 각자 코팅 목장갑을 배분하게 된 셈이다.

"제한 시간은 10분이다!"

"예!"

범진의 말을 시작으로 드디어 하나포 인원들이 돼지풀을 찾아 헤매는 길에 나선다.

포상은 큰 편이지만, 6명이 여기저기 돌아다니며 찾아다니기에는 어떤 의미로 좁기도 하다.

게다가 돼지풀이 난 곳은 한정적이다.

'아까부터 눈여겨보던 장소가 있지.'

도훈이 마저 제초하지 못했던 장소를 향한다.

작은 소나무가 위치한 곳.

하지만 그곳에는 이미 재수가 도훈보다 먼저 도착해 있었다.

재수가 도훈이 다가옴을 느꼈는지 돼지풀을 찾으며 말한다.

"역시 이도훈. 제초하는 순간에도 풀이 많은 지역을 미리 눈여겨보고 있었던 거냐."

"그러는 안재수 병장님이야말로 여긴 어떻게 눈치채신 겁니까?"

"말년병장의 짬밥을 무시하지 마라. 게다가 분대장까지 했는데 너희보다 넓게 보는 시야는 이미 톱 아니냐."

"하하하!"

사실 짬으로 따지자면 도훈을 압도할 수는 없을 것이다.

하지만 재수가 괜히 포대의 브레인이라 불리던 인물이 아니다.

이미 큼직한 돼지풀이 있을 법한 장소는 물색한 지 오래다.

내기는 언제나 두뇌 플레이.

그게 바로 재수의 전략이다.

'예상치 못한 경쟁이 붙게 되었구만.'

도훈이 혀를 차며 재수와 같이 돼지풀 찾기에 돌입한다.

반드시 돼지풀이어야 한다. 긴 강아지풀이라든지 잡초는 전혀 도움이 안 된다.

한편, 재수와 도훈이 전략적인 내기 방법을 선택하고 있을 무렵, 철수와 범진은 일자무식형으로 일처리를 하고 있었다.

"보이는 거면 무작정 뽑아보자!!"

돼지풀을 손에 한가득 가져온 철수와 범진.

이들의 전략은 지극히 간단하다.

일단 보이는 돼지풀이란 돼지풀은 다 뽑는다. 그렇다면 언젠가는 가장 큰 돼지풀을 가지게 되지 않겠는가.

돼지풀을 한가득 모아온 철수와 범진이 기세등등한 모습

으로 등장한다.

"보아라! 이 수두룩한 돼지풀을!"

범진이 땅 위로 돼지풀 다발을 내려놓으며 한 말에 재수가 새겨들으라는 듯이 말한다.

"어디까지나 평가 대상이 되는 건 하나라는 걸 알아둬라."

"그야 당연하지."

"그걸 알면서도 다발로 가져온 거냐?"

"이렇게 많으면 이 중에 하나라도 있겠지. 가장 큰 놈이."

"확률 싸움이구만."

무식한 전법이긴 하지만, 확률상으로는 성공률이 높은 방법이라고 설명할 수 있을 것이다.

공정함을 기하기 위해 도훈과 한수가 바로 투입. 그나마 가장 객관적이고 양심이 살아 있는 두 사람이기에 심판관으로 선정하는 데에는 이견이 없었다.

그리고 결과는…….

"야, 누가 봐도 확연하게 알겠다."

꼴찌는 강승주.

아무래도 이등병의 얕은 사전지식으로는 하나포의 가혹한 내기를 헤쳐 나가기 어려웠나 보다.

어차피 꼴찌 한 명에게 몰아주는 내기였기에 이것으로 종료. 승주를 제외한 다른 사람들은 비등비등한 크기를 자랑하는데, 유독 승주 것만 작은 사이즈이기 때문에 이건 안 봐도 비디오다.

"그, 그럼 제가 사오겠습니다!"

승주가 어병한 표정으로 자리에서 일어서지만, 범진이 승주의 어깨를 잡고 지그시 누른다.

"이 멍청아. 아무리 우리가 장난으로 내기했다고 해도, 전입 온 신병한테 추진비용을 다 내라고 할 정도로 정이 없는 녀석은 아니다."

"그러게 말이다. 승주는 앉아 있고, 범진아. 우리끼리 갔다오자."

"그래."

범진이 바지에 묻은 흙과 잔풀들을 털어내며 자리에서 일어난다.

재수의 말을 기다리고 있었던 것일까. 아니면 둘이서 암묵적으로 내기를 하기 전에 이미 이야기가 다 된 사항이었던 것일까.

"전역자의 정이라는 건가."

한수가 팔짱을 끼고서 사이좋게 PX를 향해 걸어가는 재수와 범진의 뒷모습을 바라본다.

이제 내일이면 진짜로 전역을 하는 두 사람.

김대한이 전역을 할 때와는 다른 의미를 지니고 있다.

　그때는 한 명이 전역하는 거지만, 이번에는 두 사람이 동시에 전역을 하는 것이다.

　그리고 특히나 한수에게 있어서는 맞선임이 전역하는 날이다. 가장 오랫동안 자대 내에서 많이 보던 사람 2명을 한꺼번에 보내야 하는 일에 한수의 심정이 조금은 먹먹해진다.

　범진과 재수가 사온 음료수로 재충전 완료.

　"자, 이제 다시 시작해 보자."

　재수가 한 말을 필두로 다시 포상 제초 작업을 시작한다.

　예초기가 있으면 예초병에게 포상을 깎아달라고 부탁하고 싶지만, 불행하게도 예초병들은 지금 행보관에게 끌려가서 울타리 부근을 사정없이 풀베기를 시전 중이다.

　이미 행보관의 작업지휘 아래에 엄청나게 혹사를 당하고 있는 예초병에게 이제와서 하나포 포상에 와서 예초기를 돌려달라고 하기에도 미안하다.

　더욱이 예초기 돌릴 기름이 과연 남아 있을지도 확신할 수 없다.

　여하튼 이런 연유로 예초기의 도움을 받을 수 없게 된 하나포 인원들은 순수한 인력만으로 제초 작업을 커버하게 되는데.

"…어? 이게 뭐야."

잡초들의 뿌리를 잡고 뽑아내던 중인 철수의 손에 상당히 이질적인 촉감이 느껴진다.

뭐랄까. 푸석푸석한 풀의 감촉이 아닌 물컹한 감촉이라고 할까.

"이상한 풀이네."

라고 말하면서 철수가 쑤욱 근처에서 같이 풀을 뽑고 있던 범진에게 들어 보인다.

"김범진 병장님, 여기 이상한 풀이… 으아아아아아아악!!"

"도대체 뭔데 비명이… 아아아아아아아!!!!!!!"

철수와 범진이 비명을 내지르며 후다닥 포상 위로 뛰쳐 내려온다.

포상 입구에서 옹기종기 모여 앉아 풀을 뽑고 있던 남은 인원 중 한수가 목소리를 높여 묻는다.

"또 무슨 장난거리라도 떠오른 겁니까, 김범진 병장님."

"이 미친놈아!! 농담할 때가 아니라니까! 빨리 포상에서 내려와!!"

"누가누가 더 빨리 포상 밑으로 내려가나 라는 내기라도 되는 겁니까?"

"한수 상병님!! 김범진 병장님이 농담하는 게 아닙니다! 이

도훈, 너도 빨리 내려와!!"

철수와 범진이 다급하게 포상에서 내려오라고 얼른 손짓을 한다. 그러자 뭔가를 눈치챈 재수가 한수에게 말한다.

"일단 내려가자."

"…예."

철수와 범진이라는 장난꾸러기 듀오의 말이라 그런지 약간 신빙성이 떨어지는 행동을 보여주고 있었지만, 그래도 대한민국은 신용사회 아닌가. 사람을 믿어주면 아름다운 사회가 만들어질 거라는 작은 캠페인을 실천하고자 포상을 내려온다.

"도대체 뭡니까. 이번에는."

"그, 그게 있었어! 그거!"

"그게 뭡니까?"

한수의 뚱한 표정에 범진이 미치겠다는 듯이 머리를 긁적인다.

철수는 자신이 아까 만졌던 정체불명의 풀의 촉감이 아직도 생생히 떠오른다는 듯이 외친다.

"배, 뱀입니다!!"

"하나포는 무슨 액땜 중이냐. 제초 작업 하나 하는데 뭔 사건 사고가 이리도 많이 나냐."

행보관이 울타리에서 예초병들을 이끌고 한창 작업을 하던 도중에, 뱀이 나타났다는 소리를 듣고 또다시 하나포 포상 앞으로 출동하게 되었다.

포상 안에, 정확히 들어가는 입구 한가운데에 마치 장판파를 지키는 장비마냥 떡하니 버티고 있는 작은 뱀.

혀를 날름날름거리며 자신을 바라보고 있는 군인들을 노려보고 있는 듯한 모습마저 선보인다.

"시원해서 들어가 있는 건가."

포상은 바람이 시원하게 통풍되는 장소다.

안에 있는 것만으로도 에어컨 바람 버금가는 시원스러움을 느낄 수 있다.

아마도 시원한 포상을 찾아오다가 졸지에 안으로 들어오게 된 게 아닐까 싶다.

"그나저나 김철수, 너는 운도 좋다."

도훈이 지그시 철수를 바라보며 말을 이어간다.

"뱀을 그렇게 꽉 움켜잡았는데 물리지도 않고."

"씨발… 올해 한 해의 운을 여기에 쏟은 듯한 기분이다. 진심으로."

게다가 철수가 잡은 쪽은 머리도 아닌 꼬리 부근이었다.

물려도 뭐라 변명도 안 될 법한 상황이었음에도 불구하고 용케도 살아 있는(?) 철수에게 범진이 혀를 내두르며 말한다.

"말도 마라. 이 미친놈이 나한테 보여주는 게 저 뱀이었다니까. 자칫 잘못했다간 오히려 내가 물릴 뻔했다고."

"시끄럽다, 잡것들아. 그것보다 말년 둘. 이번에도 나설 거냐?"

행보관이 직접적으로 범진과 재수에게 묻는다.

아까 벌집 사건도 있는 터라 범진이 고개를 절레절레 저으면서 말하길.

"행보관님에게 활약할 장면을 넘겨드리겠습니다. 헤헤헤."

"이 잡것을 봤나. 그러니까 함부로 나대지 말라고 했잖냐."

행보관이 근처를 돌아다니다가 작은 소나무 가지를 꺾는다.

끝이 알파벳 와이(Y)자로 되어 있는 제법 긴 나뭇가지를 꺾은 행보관이 슬쩍 뱀에게 다가간다.

"어렸을 적에 뱀 같은 거 잡아본 적 없냐?"

"…예, 도시에서 자란 신세대인지라……."

"잘 봐둬라. 뱀을 잡으려면 일단 머리를 제압하면 된다.

와이자 형의 끝으로 뱀의 목덜미를 지그시 누르자, 그대로 머리를 제압당한 뱀이 혀를 날름거리기만 할 뿐, 머리를 치켜올리거나 하지 못한다.

그 와중에 행보관이 과감하게 손을 뻗어 뱀의 머리를 잡아버린다.

"어차피 물리지만 않으면 되니까 이런 식으로 머리만 제압하면 뱀은 별거 없다."

"오!!!"

"역시 행보관님!!"

아주 간단하게 뱀을 제압한 행보관이 이번에도 울타리 너머로 뱀을 던져 버리자, 기다렸다는 듯이 스르륵 지그재그로 지면을 활보하면서 숲으로 사라진다.

"어이, 말년 둘."

"병장 김범진!"

"병장 안재수!"

"후임들을 위해서 마지막으로 뭔가 해주고 싶어 하는 기분은 나도 충분히 안다. 하지만 팔자에 맡지도 않는 거 하지 말고, 평소 니들이 후임을 위해 해줄 수 있는 마지막 선물을 생각해 봐라."

하나포 인원들에게는 들리지 않을 만큼 목소리를 낮춘 행보관이 나지막이 범진과 재수 둘에게만 본인의 생각을 전한다.

행보관은 일찌감치 이들이 내일 전역 전에 후임들에게 뭔가를 해주고 싶어 안달이 났다는 것을 눈치채고 있었다.

그렇지 않고서는 이 땡볕에 전역대기인 놈들이 자진해서 벌집을 퇴치하겠다는 말은 하지 않았을 테니까 말이다.

머쓱하게 머리를 긁적이는 범진을 대신해 재수가 고개를 끄덕이며 말한다.

"새겨듣겠습니다."

"그래라. 특히 안재수, 너는 머리가 좋으니까 이 행보관이 하는 말이 무슨 뜻을 의미하는지 잘 알고 있겠지?"

"예."

"역시 포대의 브레인이라 불리는 놈답구만. 김범진, 니 녀석도 머리는 나쁘지만 그래도 제법 센스는 있으니까 둘이서 마지막 군 생활 잘 마무리 지어봐라."

"행보관님, 그거 칭찬 맞지 말입니다?"

"어허, 이 잡것을 봐라. 감히 이 행보관의 말에 토를 달아? 너도 예초기 하나 쥐고 이 행보관이랑 같이 울타리 제초 작업 나갈텨?"

"죄송합니다!!!"

곧장 저자세로 나가는 범진의 모습을 보던 행보관이 너털웃음을 터뜨린다.

"여하튼 제초 작업 마무리 잘 짓고 슬슬 집합할 준비해라."

"예!"

전역 전에 후임들에게 해주고 싶은 무언가.

범진과 재수는 휴가 복귀 이후부터 둘이서 계속해서 곰곰이 생각을 해봤다.

물질적인 무언가를 주는 것보다, 이들의 군 생활에 하나의 추억을 남겨줄 수 있는 기억을 선물해 주고 싶다.

하지만 그건 여간 쉬운 일이 아니다.

김대한 병장은 그런 식으로 따지자면 참 좋은 병사였다. 뭔가 특별히 모가 난 군 생활을 했던 것도 아니고, 심대한 문제를 일으키지도 않았던 묻혀가는 군 생활의 정석을 보여준 사람이지만, 그래도 아직까지 김대한 병장이라는 존재는 범진과 재수, 그리고 한수나 철수, 도훈에게 정확히 새겨져 있다.

"이렇게 보면 대한이 형이 부럽단 말이야."

범진이 쓴웃음을 지으며 뱀이 사라진 울타리 너머로 작은 돌멩이를 포물선 형태로 던진다.

하지만 재수는 범진을 향해 걱정하지 말라며 자신만의 해답을 제시한다.

"우리가 할 수 있는 걸 마지막까지 제대로 해주면 되잖아."

"…과연."

"그럼 곧장 행동으로 옮기자."

"오케이."

범진이 알았다는 듯이 엄지손가락을 추켜올린다.

이들의 마지막 군 생활.

이제 정말 얼마 남지 않았다.

일과를 마치고 복귀한 이들.

집합을 하던 와중에, 당직이 인원수 체크를 위해 등장한다.

하지만 그와 동시에, 남우성이 의아함을 가득 담은 질문을 당직에게 던진다.

"어? 안재수 병장님. 당직이십니까?"

당직 완장을 차고 등장한 오늘의 당직은 바로 안재수.

하나포 인원들도 설마 안재수가 당직 완장을 차게 되었을 줄은 몰랐는지 남우성의 질문에 귀를 기울인다.

"그래, 오늘 하루는 당직 좀 쉬라고 하고 내가 당직사병 완장 찼다."

"내일 전역 기념 마지막 당직이십니까?"

"그런 셈이지. 참고로 오늘 1생활관 불침번은 김범진 이 녀석이 풀로 근무 설 테니까 불침번 근무 예정되어 있던 근무자들은 다 근무 뺐으니까 푹 자라."

"오!!! 역시 김범진 병장님!!"

"화끈하십니다!!"

집합 줄에 서 있던 범진이 손으로 브이(V)자를 그리며 말한다.

"이 녀석들아. 내가 멋진 놈이라는 걸 이제 알았냐? 전역이 바로 내일인데 섭하네."

"하하하!"

안재수의 당직에 김범진의 불침번. 이건 도훈도 예상하지 못했다.

분명 도훈이 과거의 기억… 그러니까 차원을 넘기 전, 미래의 기억을 떠올렸을 때는 범진과 재수가 이렇게까지 자진해서 근무를 서진 않았었다.

'이것도 피드백의 일종인가.'

곰곰이 생각에 잠기던 도훈이었으나.

'아무렴 상관없겠지.'

피드백이라고 언제나 나쁜 영향만 끼치는 건 아니다.

아마도 전역을 앞둔 이들 역시 마지막 후임들을 위한 배려라는 이름의 피드백을 받았을지도 모른다.

고생하는 후임들을 위해, 그리고 앞으로도 고생할 후임들을 위한 선임의 마음가짐까지 부정하고 싶은 생각은 도훈으로선 없었기 때문이다.

저녁을 먹고 나서 곧 취침시간이 다가오는 와중에.

"김범진 병장님."

전투복으로 환복하는 중인 김범진을 향해 철수가 다시 한 번 확인 차원에서 되묻는다.

"정말로 혼자서 불침번 풀로 서실 예정입니까?"

"당연하지, 임마. 남자가 한 입으로 두말하는 거 봤냐?"

범진이 걱정하지 말라는 듯이 웃어 보인다.

거의 당직을 서는 것이랑 비슷하다고 보는 편이 좋을 것이다. 실제 당직은 재수지만 말이다.

점호 시간이 다가오면서, 오늘 당직을 맡게 된 행보관이 하나포를 향해 말한다.

"한수."

"상병 한수!"

"내일 너희 말년 둘, 제대 아니냐."

"예, 그렇습니다."

"이제 앞으로 부대에서 못 만날 텐데, 오늘 하루 저녁은 이 행보관이 허락할 테니 하나포끼리 알아서 연등해라."

"알겠습니다!"

"그럼 점호는 간단하게 취침점호로 대신한다. 잡것들아, 침구류 깔고 잘 준비해라."

"예!"

행보관의 말에 모두가 땡잡았다는 듯이 빠르게 침구류를 깔기 시작한다.

하나포 역시도 한수의 진두지휘 아래에 침구류를 깔고 모두 행정반으로 모인다.

오대기 소대장을 맡았기에 대대 관사가 아닌 당분간은 전방 포대 막사에서 병사들과 같이 생활하게 된 하나포 반장, 우매한도 대기 중이었다.

"우매한."

"하사 우매한!"

"내가 주문한 거, 언제쯤 온다고 하냐?"

행보관의 물음에 우매한이 자신의 스마트 폰을 움직여 본다.

"5분 뒤면 도착할 겁니다."

"음. 알았다."

행보관이 우매한에게 무엇을 시켰는지에 대해서는 의심할 여지가 없다. 저번에 김대한이 전역을 할 때도 이렇게 행보관이 무언가를 사주곤 했으니까 말이다.

치킨과 맥주.

일명, 치맥을 준비해 온 우매한의 행동에 불침번을 서고 있던 김범진도, 그리고 당직을 서고 있는 재수도 옹기종기 모이기 시작한다.

이름하야 행보관의 전역 기념 치맥 파티.

"크으! 드디어 우리가 이걸 먹게 되는구나!"

제1포대에 근무하고 있는 사병들의 목표이기도 하며, 전역하기 전에 행보관의 치맥을 먹는 게 일종의 꿈이기도 하다.

행보관의 치맥을 먹는다는 뜻은, 곧 전역을 앞두고 있다는 의미이기도 하니까 말이다.

"자, 하나포 잡것들아. 모여 봐라."

행정실 안에서 펼쳐지게 된 치맥 파티에 하나포 인원들이 싱글벙글 미소를 짓는다.

행보관이 맥주병을 재수와 범진에게 내민다.

"말년들, 수고했으니까 한 잔씩 받아라."

"감사합니다, 행보관님!"

"잘 마시겠습니다!"

두 손으로 공손히 행보관의 맥주를 받아드는 재수와 범진. 그 모습에 철수가 코끝이 찡해졌는지 순간 큼큼거리며 애써 감정을 컨트롤한다.

그 모습을 포착한 도훈이 피식 웃으면서 말한다.

"헤어지려니까 섭섭한가 보네."

"…그러게 말이다. 대한이 형 때도 이렇지는 않았는데… 더 오랫동안 같이 지내서 그런가 보다."

김철수는 감정이 풍부한 남자다.

그 점에 대해서는 도훈도 충분히 잘 알고 있기에 묵묵히 맥주잔을 든다.

"자, 모두 잔 들고."

행보관의 말에 따라 행정실 안에 있는 모두가 잔을 든다.

"안재수."

"병장 안재수!"

"전역 기념으로 니가 선창 한번 해봐라."

"제가 말입니까?"

"어허. 설마 포대의 브레인이라 불리던 녀석이 이런 때에 '못하겠습니다' 라고는 하지 않겠지?"

은근슬쩍 부담을 주는 행보관에 말에 살짝 발끈했는지, 재수가 필사적으로 머리를 굴려본다.

자신은 포대의 브레인.

이런 거 하나 극복하지 못하면 체면이 말이 아니다.

"어흠, 그럼 먼저 제가 선창하겠습니다."

모두의 시선을 모은 재수가 맥주잔을 들어 보인다.

"행보관님의 건강을 위하여!"

"안재수 병장님, 가는 마지막 순간까지 행보관님 후빨하시는 겁니까?!"

김철수가 키득키득 웃으면서 하는 말에 재수가 살짝 짜증난다는 표정으로 말한다.

"시끄럽다, 임마. 행보관님 그동안 수고하셨다는 의미로 하는 말이니까 곧이곧대로 받아들여."

재수와 범진이 군 생활을 하면서 가장 오랫동안 같이해 온 인물은 바로 행보관이다.

자신들이 처음 자대에 전입을 왔을 때에도 행보관과 마주했으며, 그리고 전역하는 순간 마지막까지도 행보관과 함께한다.

앞으로는 자주 못 볼지도 모른다. 아니, 앞으로 평생 보지 못할지도 모른다.

그렇기에 헤어지는 이 기분을 솔직하게 표현할 수 있는 방법은, 바로 직접 말하는 것밖에 없었다.

"허허. 이 잡것 봐라. 사탕발림은 됐으니까 마시자!"

그렇게 말은 하지만, 내심 기분은 좋아졌는지 행보관의 말에 눈치껏 우매한이 대신 외친다.

"건배!"

"건— 배!!"

짠!

유리잔이 서로 부딪치면서 듣기 좋은 소리를 첨가한다.

뒤이어 기름진 치킨의 향연. 행정실 안에는 말 그대로 치킨의 향기가 그대로 공기 중을 가득 채워가기 시작한다.

한동안 치킨과 맥주 파티를 벌이고 난 이후.

범진과 재수를 제외한 나머지 인원들은 일찍 취침을 하기 위해 11시 반 정도쯤에 다시 각자의 위치로 돌아간다.

　우매한 역시도 특별히 마련되어 있는 간부 취침실로 가서 내일 또다시 펼쳐질 일과 시간을 대비해 잠을 청한다.

　그리고 시간은 흘러 새벽 1시.

　잠시 바깥으로 나와 밤하늘을 바라보던 범진이 행정실에서 역시나 마찬가지로 잠을 내쫓기 위해 나온 재수에게 말을 건다.

　"드디어 전역이다, 우리."

　"그러게 말이다."

　둘 다 비흡연자이긴 하지만, 지금 제대로 마련되어 있는 외부 쉼터가 흡연실밖에 없는지라 둘은 차가운 밤공기를 맞이하며 잠시 흡연실 안에 자리를 잡는다.

　산골짜기에서만 볼 수 있는 수많은 별의 향연.

　"…기억나냐?"

　"뭐가."

　범진이 짧은 머리를 긁적이며 묻는다.

　"우리가 처음 자대로 전입했을 때 일 말이야. 그때 제대로 기억나?"

　"뭐… 기억 안 난다고 한다면 거짓말이겠지."

　군대에, 그것도 자대에 처음 입대하는 사람이라면 그 이미지가 강렬하게 뇌리에 각인될 수밖에 없다.

난생처음 접하는 환경, 그리고 사람들.

누군가는 이등병의 시절을 거치지 않을 수가 없다. 설령 그게 내일 전역을 앞두고 있는 말년 병장이라 해도 말이다.

"처음에 김대한 일병이었지? 아마."

"하하하! 그래, 김대한 일병님! 무진장 웃겼지."

재수의 말에 범진이 키득거리며 옛 과거를 회상해 본다.

도훈조차 알지 못하는 그들만의 과거.

범진과 재수. 훈련소 동기인 이 둘이 자대에 전입했을 때, 맞선임인 김대한 병장… 그때 당시 김대한 일병은 이 둘에게 나름 군 생활에 대한 노하우를 전수해 줬다.

그리고 그 경우를 각각 두 사람은 다르게 받아들였다.

재수는 FM으로,

그리고 범진은 꼼수로.

극명하게 갈리는 두 사람의 스타일 덕분에 김대한은 약간 난감하다는 식으로 표현했지만, 이내 두 사람의 스타일에 금세 익숙해졌다.

이윽고 여기까지 오게 되었다.

김대한을 보내고, 그리고 이들이 전역을 할 차례.

옛 기억을 곱씹으며 범진이 바닥에 떨어져 있는 담배꽁초를 쓰레기통 안에 넣는다.

"아직도 실감이 안 난다. 우리가 내일이면 전역을 한다는 게."

"…하긴, 그렇지."

"솔직히 말해서 아쉽기도 하고, 겁이 나기도 하고."

"겁?"

재수가 의외라는 듯이 되묻는다.

범진에게 있어서 겁이라는 건 도대체 무엇일까.

"생각을 해봐라. 이제 우리도 사회인이잖아. 취업을 위해 준비해야 하는데, 앞으로 무엇을 하면서 먹고살아야 할지 벌써부터 걱정이란 말이지."

"넌 어딜 가든 잘할 거다. 대인관계도 좋고, 성격도 괜찮은 편이잖아. 문제는 바로 나겠지."

"머리 좋은 놈의 행복한 고민이라고밖에 생각되지 않는 말인데."

"임마. 내가 포대의 브레인, 포대의 브레인, 이렇게 불리기는 하지만 그렇다고 딱히 학벌이 좋다거나 하는 건 아니야. 차라리 고등학생 때부터 기술 배우면 취업이라도 빨리 되지, 나처럼 어중간하게 공부를 잘하는 것도 아닌 일반 4년제 대학 나온 사람이 더 취업에 어려움을 겪는다는 게 통설이잖아."

"너도 너 나름대로 고민이 많구나."

"아마 너 못지않을 거다."

군대 전역이 인생의 끝이 아니다.

인생의 또 다른 출발선.

이미 그 출발선을 김대한은 이들보다 한발 먼저 시작했고, 뒤이어 이들 역시도 뒤를 따르게 될 것이다.

"사회로 입대하는 건가. 신병의 기분이네."

가볍게 몸을 풀던 범진이 잠자코 자신의 행적을 떠올려본다.

"썩 모범적인 군 생활은 아니었지."

"그러게. 너하고 나도 자주 싸웠었고."

"성향이 안 맞다니까. 너하고 나는."

"그래도 별다른 사고 없이 용케도 잘 버텼으니까."

"나도 그게 신기해."

멋쩍은 웃음을 선보이는 두 사람.

그리고 점차적으로 그들의 마지막 밤은 깊어만 갔다.

아침 식사를 한 이후.

군대에서 맞이하게 된 최후의 만찬을 즐긴 범진과 재수는 병력들이 모여 있는 막사 앞에 선다.

포대장이 막사 바깥을 나와 이들에게 손을 내민다.

"그동안 수고했다, 안재수, 김범진."

"감사합니다!"

"포대장님도 수고 많으셨습니다!"

"난 니들과 달리 앞으로 더 수고해야 하지만 말이다. 하하."

포대장이 호쾌하게 웃으면서 재수와 범진의 손을 번갈아 마주 잡아준다.

그리고 이들이 막사 아래로 내려오자.

"부대, 차렷!"

한수의 말에 모두가 차렷 자세를 갖춘다.

"전역자에 대하여, 경례!"

"태— 풍!!!"

각 잡힌 절도 있는 모습으로 거수경례하는 알파포대 인원들.

맨날 농땡이 부리는 배불뚝이 이대팔도,

안재수, 김범진과 마찬가지로 곧 있으면 다음 차례 전역 순번 대기자이기도 한 통신분과 분대장 최수민도,

남자다움의 상징인 남우성도,

이제 막 전입을 해온 강승주도,

범진과 특히나 죽이 잘 맞았던 김철수도,

맞후임이고 한 한수도,

마지막으로 이들의 군 생활을 스펙타클하게 만들어줬던 이도훈도.

평소와 다르게 사뭇 진지한 얼굴로, 그리고 애써 감정을 참으려는 듯한 얼굴로 제각각 다른 심정을 선보이며 전역자들을 배웅해 준다.

서로를 멀뚱멀뚱 바라보던 재수와 범진이 잠시 후, 씨익 웃으면서 마주 거수경례를 한다.

"태풍!"

"군 생활 하느라 수고하셨습니다!! 김범진 병장님, 안재수 병장님!!"

"그래, 니들도 앞으로 수고해라!"

"포대의 브레인인 내가 없다고 다른 포대에게 무시당하지 마라!"

범진과 재수가 시큰거리는 코끝을 애써 무시하며 천천히 막사 계단을 내려온다.

그러자 좌, 우 일렬로 나란히 줄을 선 제1포대 병사들.

그사이로 천천히 지나가기 시작하는 범진과 재수가 일일히 병사들과 악수, 포옹을 나눈다.

"수고했어, 형!"

"나중에 사회에 나가서 술이나 사주라고!"

이대팔과 철수가 범진에게 다가가 말한다. 특히나 철수와 죽이 잘 맞았던 범진이었기에 그 씁쓸함은 배로 다가왔다.

"알았다, 임마! 언제든지 연락해!"

한편, 재수에게 손을 내밀며 악수를 청하는 한수가 가볍게 웃어 보인다.

"그동안 수고하셨습니다."

"그래, 차기 분대장. 나보다 훨씬 잘해내야 한다."

"이도훈만 믿고 가겠습니다."

"하긴, 그렇다면 걱정 없겠다."

각자 인사를 나눈 범진과 재수가 이도훈의 양어깨에 손을 올린다.

"이도훈."

"상병 이도훈."

범진의 말을 이어받은 재수가 감사의 눈을 담아 말한다.

"우리들의 군 생활을 더욱 재미있게 해줘서 고마웠다."

"……."

"덕분에 좋은 추억을 간직하고 떠나마."

"고맙다, 이도훈!"

그렇게 도훈에게 솔직한 마음을 표현한 범진의 두 눈가에는 이미 뜨거운 눈물 한 방울이 흘러내리고 있었다.

재수는 그런 범진의 뒤통수를 매만져 주며 서서히 위병소 바깥을 향해 발걸음을 옮긴다.

병장 안재수.

병장 김범진.

이도훈은 김대한에 이어, 오늘로써 같은 분과에서 두 번째, 세 번째 전역자를 내보내게 되었다.

『말년병장, 이등병 되다!』 7권에 계속…